MORVAN MAUVAIS

Dans la même collection

Au-delà du périf

Calais Jungles

Arsenic et Nuits Romantiques

Dunkerque baie des Anges

ISBN : 978-2-36401-030-7

Laurent Rivière

MORVAN MAUVAIS

Editions Sirius
Paris

Ce livre est dédié à Jean-Philippe Segonds qui fut mon maître d'écriture. Ses connaissances des Lettres et son perfectionnisme m'ont beaucoup apporté et continuent de m'aider.

Et à Claude Mesplède qui m'a soutenu fidèlement.

1

La photo prise depuis le terrain montrait la sortie des deux équipes dans le tunnel du Stade de France. Le reporter s'était accroupi sur la pelouse afin d'offrir une vue en contre-plongée qui dévoilait au premier plan les deux capitaines tenant un fanion roulé dans leur main droite. Derrière les joueurs, on apercevait le public agglutiné au-dessus de la sortie du tunnel, des centaines de spectateurs privilégiés qui photographiaient la sortie des champions pour figer cet instant universel, la finale de la Coupe du Monde 98.

J'ai pensé, bandes de cons, vous avez vendu la peau de vos couilles pour obtenir ces places de rêve et quand les joueurs pénètrent sur le terrain, une image qui vaut quatre milliards de téléspectateurs en direct, vous la regardez à travers l'œilleton déformant d'un appareil photographique.

Deux pages plus loin, le Tour de France, un cliché pris lors d'une étape de montagne… Deux coureurs pédalent supportés par un millier de spectateurs installés dans le col depuis la veille, afin de voir ce spectacle en vrai, ils sont venus en caravane, en vélo, en bermuda, et quand les coureurs passent, ils se précipitent sur leur appareil, jetable ou numérique, dans le but de prendre des images… Des images, au lieu de vivre le truc avec les yeux grands ouverts ! Les nigauds n'auront rien vu, à part le cul des cyclistes qui s'éloignent en danseuse.

J'ai reposé *L'Équipe Magazine* que je feuilletais assis sur la banquette du taxi en me disant que le spectacle du sport était désolant. Pourtant, j'ai grandi dans ce milieu, avec mon père qui ne me parlait pas, mais s'adressait à moi les lendemains de match pour me confier des proverbes. « Un bon défenseur doit finir le match avec son short propre, parce qu'un défenseur à terre ne sert à rien ! » ou « Pour tirer un penalty, il suffit de penser que tu fais une passe au poteau. » En dehors de ces paroles, je n'ai pas reçu d'éducation. Sans orientation, sans guide, j'aurais pu devenir n'importe qui…

Mes parents s'en sont jamais rendu compte. Et peut-être que, finalement, je suis devenu n'importe quoi.

– Alors, comme ça, vous êtes flic ?

Je n'ai pas répondu au chauffeur, je l'avais alpagué entre deux courses afin qu'il me conduise rue d'Alésia, l'affaire pressait et il ne restait plus une voiture de service disponible. Il m'a arrêté devant le numéro transmis par le standard, j'ai réglé la course et empoché le reçu qu'il a signé d'un gribouillis. Je suis entré au 23, le vieil immeuble possédait un escalier de bois recouvert d'une moquette rouge miteuse et le plâtre des murs s'écaillait sur un coup d'ongle. L'agent qui me précédait a enclenché la lumière. Les globes diffusaient un éclairage pâlot à peine suffisant pour regarder l'heure à sa montre. Sur chaque palier, les appartements étaient protégés par des portes blindées qui s'entrouvraient puis se refermaient en claquant lourdement après notre passage.

– C'est là, m'a dit l'agent.

J'ai remarqué une inscription sur la porte, pas un signe criminel codé comme le quatre barré du polar mythique de Fred Vargas, mais cinq lettres autocollantes rouges, collées en diagonale : L-A-U-R-A. Le médecin appelé par les agents pour constater l'origine criminelle de la mort était encore là. Un grand type nonchalant qui habite à deux pas. Il portait son casque de scooter autour du bras. La victime complètement nue était allongée devant lui, de nombreuses blessures par lame, semble-t-il, avaient laissé des entailles profondes sur son dos.

– Tu la connais ?

– Non, jamais vue... Pauvre gosse, dix-sept coups de couteau, et il semble qu'un seul ait été mortel.

Il bossait auparavant pour S.O.S. Médecins. Ce sont les meilleurs, ils font des constatations rapides et efficaces. L'appartement était en ordre, une déco de fille célibataire, avec des angelots dorés, des photophores, des coussins couverts de fanfreluches, et sur une table basse, les habits de la victime, un jean, un sous-pull à col roulé et un tee-shirt où je reconnus le logo d'une marque de mode connue. J'ai commencé par faire des clichés en lumière naturelle – les lieux étaient sombres à cause des rideaux à demi tirés – pour restituer l'ambiance, puis j'ai allumé un plafonnier et *mitraillé* le salon en me plaçant successivement aux quatre coins de la pièce. J'ai pris aussi un cliché du tableau en ardoise dans la cuisine. Au-dessus d'une liste de courses domestiques, la victime avait inscrit un souhait de premier de l'an sûrement, avec une craie blanche : « Crois en toi, pense à toi, arrête d'être naïve et gentille… » L'air m'a semblé soudain irrespirable, j'ai ouvert la fenêtre après m'être assuré que les collègues avaient fait une recherche de traces papillaires digitales sur les vitres et la poignée.

Nous sommes partis une heure plus tard, après avoir posé des scellés sur la porte. J'ai demandé à l'officier de police judiciaire s'il avait des informations sur le meurtrier. Il m'a répondu sèchement : « T'occupe pas de ça. Chacun son rôle et tout ira bien. » Son conseil était juste.

À 18 heures, j'ai rangé mon brassard orange « Police » dans le tiroir du bureau et déguerpi. Il faisait nuit, une pluie froide tombait sur Paris depuis le début de l'après-midi, les binômes des patrouilles piétonnes rentraient au commissariat avec des uniformes gorgés d'eau, je me suis souvenu que je n'avais pas refermé la fenêtre chez Laura B. Merde. J'ai hâté le pas pour rentrer chez moi.

Cécile était déjà à l'appartement, assise sur une chaise dans la cuisine, elle tenait un mug fumant à la main. Il y avait de l'électricité dans ses cheveux quand j'y ai posé ma main. Elle n'a pas desserré les lèvres. Oppi, notre chien, dormait sur le divan sans bouger une oreille. J'ai branché les câbles de la X-Box à la place du lecteur CD, l'installation du programme de *Princess of War* a commencé par une démo de combats où Rohna affrontait plusieurs adversaires. Les techniciens de post-réalisation ont modifié le volume de ses seins et lui ont redessiné un cul à vous donner une bandaison de cheval, mais je reconnais Cécile à sa manière de sauter et à ses positions de combats. Elle a participé au tournage de ce logiciel de jeu : elle était le personnage principal, Rohna, une princesse guerrière. Les producteurs lui avaient laissé un mois de préparation sans coach avant le tournage en *motion capture*, nous écartions les meubles tous les soirs et je filmais ses poses et ses virevoltes au caméscope. Elle jouait le truc à fond, avec hurlements et postillons, portait des joggings crados et se servait d'un manche à balai pour symboliser le glaive. À la fin des répètes, elle était exténuée, c'est moi qui rangeais les meubles et revissais la tête du balai sur le manche.

Je me suis lancé dans une première partie. Mon duel contre Rohna-Cécile avait commencé depuis vingt minutes, quand Cécile a crié : « Franck, pose cette console ! Y en a marre ! » Elle était derrière moi, je ne l'avais pas entendue quitter la cuisine. Elle me fixait avec des yeux noirs.

– Tu me saoules avec ce jeu, Francky !

– Je sais, Cécile.

– Je te sers à quoi ?

– Je ne veux pas t'ennuyer avec mes problèmes de boulot.

– Fallait être fou pour demander à bosser dans ce service, Franck. Tu y laisses un peu de toi à chaque journée. Ça se voit dans tes yeux…

J'ai coupé la télé, rangé les manettes sous le meuble, j'ai viré Oppi du divan et me suis allongé. Oppi a grogné, ce clébard se la pète depuis que Cécile l'a fait tourner avec elle dans un court-métrage.

– Tu veux qu'on sorte ? Je suis invitée à l'avant-première du film pour lequel j'ai travaillé trois jours cet été. J'aimerais voir ce qu'ils ont fait de mes scènes.

– Vas-y seule, j'ai pas envie de m'habiller.

Je suis parti aux toilettes, vêtu du maillot vert de l'équipe de Saint-Étienne, avec mon numéro, le 12, et mon prénom floqués dans le dos. Je n'ai pas refermé la porte derrière moi et j'ai oublié de relever la lunette avant de commencer à pisser. Ce sont les gouttes qui ont fait déborder le vase. Cécile s'est cassée de l'appartement en claquant la porte, Oppi est remonté sur le divan. J'ai rebranché la console et commencé une nouvelle partie. Cette fois, Rohna m'a surpris et fendu la tête avec son sabre. Une petite musique s'est déclenchée pour célébrer sa victoire, Rohna sautillait autour de ma dépouille, j'ai mis un doigt sur *power* pour lui couper la chique et je suis sorti avec Oppi.

J'ai rencontré Laure sur le palier, une amie comédienne de Cécile qui habite l'étage au-dessus depuis plusieurs mois. Elle vient manger chez nous deux ou trois soirs par semaine et s'occupe du clébard dès qu'on s'absente. J'ai promis de passer la voir dans la soirée. Dans la rue, Oppi est allé pisser à droite et à gauche. Ça flottaillait, une bruine qui mouillait les fringues sans faire de bruit sur le toit des voitures. J'ai sifflé trois fois, le chien n'a même pas dressé l'oreille.

– Ramène ta gueule, connard !

Il a trottiné vers moi.

De retour à l'appartement, j'ai regardé quelques photos prises en cachette avec mon téléphone portable sur la scène de crime rue d'Alésia. Laura B. ne m'était pas inconnue. Je l'avais croisée au commissariat six mois auparavant. Affaire de shit, rafle dans une boîte du quartier, elle avait un joint dans la poche. Je me souviens d'elle parce que le gardien de la paix qui l'avait interrogée s'était prétendu commissaire pour l'impressionner et la draguer. Je n'ai pas oublié la mine apeurée de la jeune femme devant l'attitude malsaine du flicard. Lorsque j'avais rempli sa fiche et demandé si elle avait des *signes particuliers*, elle m'avait confié en rougissant qu'elle possédait un tatouage sur la fesse droite. Les consignes nous conseillent d'en faire une photo, mais j'ai écrit néant à côté de la case. Ça avait mis le gardien de la paix en rogne. Ainsi que tous les collègues qu'il avait invités à mater la photo.

Cécile est rentrée à 4 heures du matin. J'étais en train de mater un DVD dans la chambre. *Lost in translation*, un film gnangnan, platonique, mais qui me chatouille quelque part. Au cœur, peut-être.

– Alors, cette avant-première ?

– Ils ont enlevé ma scène, mais le film est bien.

Elle a rencontré aussi les producteurs de *Tomb Raider 6* qui lui proposent le rôle de Lara Croft. Ils lui offrent un salaire de figurante en prétextant qu'elle est trop petite – un mètre soixante-dix – et qu'il faudrait refaire les décors prévus pour une fille d'un mètre soixante-quinze.

– Tu les as envoyés chier ?

Non : elle est convaincue que ce rôle la fera connaître des professionnels ; le réalisateur est le deuxième adjoint de Riddley Scott.

J'ai stoppé la lecture de *Lost in translation*. La pluie glissait sur le double vitrage de la fenêtre. Je me suis tourné vers Cécile et suis allé chercher ses lèvres. Il y avait des odeurs de clopes et d'alcool dans sa bouche. Les petits capteurs du désir ont mis en branle la machine. J'ai pénétré son con serré tandis qu'elle étranglait mes hanches avec ses jambes. Nous étions hors de la tendresse, dans une baise rapide et heurtée. Elle a eu deux ou trois spasmes, j'ai râlé, et c'était fini. On est resté collés l'un à l'autre.

– Excuse-moi d'être partie tout à l'heure.

– Pas grave.

– T'as fait quoi ?

– Je suis allé voir Laure.

J'avais passé un moment sympa en sa compagnie.

– Elle va bien ?

– Oui. Elle a rencontré un mec pour une tournée.

Cécile a remis sa culotte, et elle est partie fumer une clope près de la fenêtre. J'ai quitté le lit et suis allé me laver rapidement, puis je me suis installé devant l'ordi qui tournait encore pour le téléchargement d'un film, j'avais l'idée de transférer les photos de mon portable sur l'ordinateur. Je me suis connecté à la prise USB et j'ai envoyé les clichés. Le visage de Laura B. agrandi sur l'écran m'a causé un choc. Le réglage du moniteur faisait ressortir le contraste des variations chromatiques, la lividité de la peau, l'ombre violacée des hématomes, l'or de la chevelure… des familles de couleurs disharmonieuses qu'aucun peintre sain d'esprit n'aurait osé assembler. Nous étions deux à contempler cette image au cœur de la nuit : moi et l'assassin dans son sommeil cauchemardeux. Ensuite, j'ai transféré la seconde image, le corps. La photo était de moins bonne qualité mais ça accentuait l'horreur de la scène.

– C'est dégueulasse. C'est une photo de vrai crime ?

Cécile était derrière moi. Oui, j'ai répondu avant d'enregistrer la photo et de me tourner vers elle en faisant pivoter mon siège. J'ai baissé sa culotte et elle est venue s'empaler sur moi. C'était de plus en plus rapide mais ça nous apaisait. Ça allait durer comme ça jusqu'au lever du jour, baise, clope, baise, clope… J'étais inquiet, son paquet de clopes était presque plein, pas moi.

2

Le dixième est un arrondissement agréable. Les jours fériés, on se croit dans un feuilleton télé des années soixante-dix : peu de circulation, des trottoirs parcourus de flâneurs et le smog gris parisien qui confirme l'impression de film noir et blanc. Notre commissariat est un grand bâtiment d'angle, avec une entrée dans chaque rue, et un kiosque à journaux à deux pas, en ferronnerie vert bouteille, façon colonne Morris. Ce matin, les deux plus beaux hommes de la brigade montaient la garde devant chaque entrée du commissariat. Ça paraît aussi simple à vivre que le film *Amélie Poulain*, mais la voix de Laura me résonnait dans le crâne, une vraie rage dedans… Ça m'arrive une ou deux fois par an. Impossible d'en dire un mot à Cécile, elle était partie tôt sans se pencher sur moi au moment de quitter la chambre.

J'ai croisé l'équipe de nuit en arrivant, j'ai souhaité « Bon sommeil » aux gars, et suis monté *chez nous*, au premier étage. J'ai bu un café avec les gardiens de la paix dans notre salle de repos, discuté avec deux ivrognes entaulés dans la cellule de garde, puis je me suis installé à mon bureau. J'ai téléphoné à Cécile, elle m'a dit qu'elle était sur un banc du parc Montsouris, en train de réviser ses cours d'anglais. Elle a un projet de stage aux États-Unis.

– Tu n'es pas à ton *training* ?

C'est un entraînement de groupe sous la direction d'un metteur en scène professionnel pour que les comédiens sans contrat ne perdent pas leur technique. Elle s'y rend tous les mercredis.

– J'ai arrêté ce truc depuis un mois.

– Tu ne me l'as pas dit.

– J'ai oublié.

Cécile m'a dit « À ce soir ! » et a raccroché. J'étais seul dans la pièce, les collègues étaient partis faire la signalisation des types interpellés dans la nuit. Je suis allé chercher des informations sur l'affaire Laura B. à l'étage au-dessus.

Dès les premières minutes de la discussion, j'ai compris que le mec qui s'occupait du crime s'en foutait ; il est originaire des Dom Tom et venait d'obtenir l'accord pour ses primes bonifiées : billets d'avion payés pour lui, sa femme et ses enfants, congé exceptionnel d'un mois sous prétexte que c'est loin d'ici… sept heures d'avion – moi, il me faut huit heures de train pour rejoindre mon bled paternel en Provence, et on ne me file aucune prime. Il m'a parlé une demi-heure de son pays, sa Créolie, patates douces et compagnie !… puis m'a enfin donné les infos que je cherchais : dossier clos pour nous.

Le petit ami de Laura s'est livré au commissariat du 12e arrondissement pendant la nuit – il n'arrivait pas à zapper la scène lui non plus. L'agent qui s'occupait des dépôts de plaintes a écouté son histoire incroyable et l'a coffré *illico*. J'ai lu la déposition du mec : il regrette, il s'excuse, il ne sait pas ce qui lui a pris, il ne se souvient de rien et ne sait pas où est l'arme, ni où il l'a prise. Coup de folie. Les conneries habituelles. J'étais frustré par l'épilogue soudain du meurtre de Laura B. Puis soulagé. Cet enquêteur qui a le mal du pays n'aurait pas mené une traque sérieuse si le meurtrier ne s'était pas rendu. J'ai salué l'officier Gwada et lui ai souhaité bonnes vacances.

Un peu avant midi, ma mère m'a appelé en passant par le standard du commissariat.

– Je t'ai donné mon numéro de portable ! Ne m'appelle pas ici !

– Tu ne réponds pas quand je te téléphone sur ton portable.

C'était vrai. Ma mère est dans la Nièvre depuis son divorce ; j'ai vécu chez elle pendant trois ans. J'avais une vingtaine d'années à l'époque. Je suis sorti du bureau, et elle m'a rappelé sur mon portable.

– Patte-de-Poulet a des problèmes.

– Quoi ?

– Patte-de-Poulet a disparu.

– Et alors ?

– T'es de la police.

– Je bosse à Paris, ça n'a rien à voir ! Je suis à la police scientifique, tu comprends ? Je prends des photos, des empreintes, je n'enquête pas.

– Patte-de-Poulet a disparu depuis cinq jours.

– La gendarmerie doit le chercher.

– Non. J'ai parlé à sa mère, elle a vu les gendarmes une demi-heure seulement. Ils lui ont posé quelques questions, lui ont demandé une photo, et depuis, pas de nouvelles.

– Ils font leur travail discrètement. Ils n'aiment

pas avoir les parents sur le dos dans des histoires comme celle-là.

– Elle est seule.

– Il faut qu'elle patiente un peu.

– Ce n'est pas un voyou, ni un fugueur !

– Les gens changent, surtout à cet âge.

– Il faut que tu fasses quelque chose, Franck. J'ai parlé de toi à sa mère.

– Je ne connais personne à Nevers, même pas un agent.

J'ai promis à ma mère de la rappeler pour avoir des nouvelles, puis j'ai coupé la communication. Les mecs avaient quitté le bureau. Partis déjeuner. Je les ai rejoints à *La Belle Gosse*, notre petit resto du quartier, le *sous-marin* où nous nous retrouvons le vendredi pour décompresser avant le départ en week-end. C'était le *coup de feu* – normal pour une cantine de flics ! – les clients étaient coude contre coude, le nez dans l'assiette, les garçons besognaient comme des fourmis, une serviette sur le bras.

Je me suis installé à notre table habituelle, il restait ma chaise. J'ai mangé sans participer à la conversation. Évoquer Patte-de-Poulet avec ma mère a produit sur moi le même effet que le passage en revue d'un vieux dossier criminel : beaucoup de vase remuée, mise à la lumière de choses révolues, de gens disparus. Il n'y avait pas de cadavres dans la Nièvre, mais le souvenir d'un mec altruiste, généreux, épanoui.

Moi.

Patte-de-Poulet, c'est Mathieu Lechartier, un môme de la cité ouvrière où nous habitions. J'étais éducateur au club de foot, et Mathieu est resté trois ans dans mon équipe. Les gens le prenaient pour un attardé parce qu'il ne savait pas parler. Il mangeait les syllabes comme s'il avait de la purée dans la bouche, ça le rendait silencieux et taciturne. Les gens se méfient d'un môme qui ne leur répond pas quand on lui dit « Bonjour ». Puis, l'orthophoniste lui a débloqué les mâchoires et le gamin libéré est devenu le roi des bavards, une *pipelette* comme on dit !

J'ai senti une main sur mon épaule.

– Ça va, Franck ?

– Oui, ne vous inquiétez pas.

Les collègues quittaient le resto, me laissant seul devant l'œil noir de mon expresso. Autour de moi, les garçons roulaient en boule les nappes en papier tachées de graisse et de sauce, j'ai bu mon café brûlant en deux gorgées. De retour au commissariat, je me suis installé à mon bureau et j'ai fait le tri parmi mes photos, pour compléter les albums répertoriant les différents types de scènes de crime, afin que nos enquêteurs aient une base de données rapide leur permettant de trouver des indices communs entre deux affaires. Depuis que je suis détaché aux tâches de police scientifique, je suis devenu un pro de la *boîte à images,* un spécialiste des *natures mortes*…

J'ai expédié ce classement, rangé les dossiers dans leurs classeurs, puis je suis allé donner un coup de main sur une intervention : vider un squat de blacks. On est rentrés à la tombée de la nuit, la journée était pliée.

Laure m'a appelé, un peu avant que je quitte le

commissariat.

– Alors, tu passes, ce soir ?

– Je n'en sais rien. Demande à Cécile, je ne sais pas ce qu'elle a prévu.

– C'est à toi que je le demande.

– Je ne sais pas !

Elle a raccroché, j'ai acheté *L'Équipe* au kiosque à journaux et me suis mêlé à la cohue du métro. La rame était remplie, les pneus couinaient, des surtensions coupaient la lumière et les insultes graffitées au plafond me rappelaient le 93. Quand la station de mon quartier est apparue, j'ai lâché la barre et je me suis débiné dans les couloirs puant l'urine au pas de course.

Mon portable a sonné au moment où je sortais du métro, la voix inconnue a commencé par dire : « Aidez-moi » avec un accent nivernais, et j'ai compris que ma mère avait donné mon numéro à madame Lechartier. Un flot incessant de voitures circulait sur le boulevard et le ronflement de leurs accélérations m'empêchait de comprendre toutes les phrases. Je me suis engagé dans une ruelle encombrée par des containers à ordures ménagères et par des vieux cartons que j'ai écartés à coups de pied et je me suis éloigné du bruit des moteurs avec le portable collé sur l'oreille.

En entrant dans la carrière, un vieux flic m'a expliqué le fonctionnement d'une enquête : routine ou passion. « Si tu les laisses te parler, si tu les laisses te toucher le bras ou te regarder les yeux dans les yeux, c'est mort, t'es pris, tu vas t'engager à fond pour eux. »

La mère de Patte-de-Poulet m'a emmené

jusqu'à cette ruelle, sa voix m'a conduit à son visage que je connaissais. Je l'ai rencontrée plusieurs fois, au stade ou chez eux. Je l'ai laissée me parler, me toucher, me regarder dans les yeux, j'étais pris.

Patte-de-Poulet était parti sans donner d'explications jeudi après les cours. Avec seulement trente euros en poche alors qu'il possédait trois cents euros en liquide dans une cagnotte. Aucun sac, aucun vêtement n'avait disparu de sa chambre. Lors de l'entraînement de la veille, il n'avait pas prévenu les enfants qu'il serait absent au match de foot du samedi après-midi. Son portable était coupé et faisait basculer les appels vers une messagerie depuis le jeudi à dix-neuf heures, heure à laquelle sa mère a commencé à s'inquiéter et à essayer de le joindre.

Où était le gamin ? Cinq jours d'absence, c'était long pour un jeune sans histoires. C'est un âge où les mômes se cherchent, mais Patte-de-Poulet, le silencieux, s'était livré à de l'introspection forcée jusqu'à l'âge de douze ans, il n'avait pas besoin d'une fugue aujourd'hui pour savoir qui il était. Pendant qu'elle parlait, je revoyais Mathieu et ses pattes de poulet, des guibolles maigrichonnes et roses qui peinaient à faire décoller le ballon. Il choisissait toujours les balles à moitié dégonflées quand on faisait des exercices de frappes au but.

J'ai raccroché et je suis rentré à l'appartement. En chemin, j'ai revu à nouveau le gamin, les images s'enchaînaient comme les diapos de vacances sur l'écran familial. Ses attitudes sur le terrain, bras ballants ou tête en l'air, ses fringues d'entraînement, des répliques en nylon du maillot de l'OM, ses chialeries sans larmes après un mauvais coup dans les tibias. La mélancolie me gagnait. J'ai été heureux d'arriver en bas de chez moi. Dans le hall de l'immeuble, un jeune un tantinet débile chaussé de lunettes aux verres épais distribuait un hebdo gratuit de petites annonces dans les boîtes aux lettres. Il avait étalé les journaux sur le sol. Il m'a expliqué son problème avec des phrases mal articulées qui ressemblaient au langage de Patte-de-Poulet avant que l'ortho ne lui décoince la langue : il restait deux immeubles de dix logements dans la rue, et il n'avait plus que dix-neuf journaux. Il ne savait pas comment diviser dix-neuf par deux.

– Je m'en occupe. Je vais distribuer tes journaux.

Il m'a fait un putain de sourire reconnaissant. C'était émouvant. Après qu'il fut reparti avec sa musette vide, j'ai balancé tous les journaux dans la poubelle jaune du tri sélectif. Je suis monté par les escaliers pour éprouver mes genoux bousillés par deux vieilles blessures de foot. J'étais l'espoir du coin contacté par des clubs pros, mais j'ai refusé de me faire opérer pour qu'on me foute la paix avec une carrière de footeux qui ne m'intéressait pas. Mon père, qui avait déjà négocié avec les recruteurs, m'en veut encore.

Mes genoux ont tenu jusqu'au quatrième étage, pas mon souffle. J'ai eu envie de gerber quand je suis arrivé devant notre porte. Je suis entré. Cécile n'était pas là. Oppi a traîné deux minutes dans mes jambes puis il est retourné sur le divan. Le sort de Patte-de-Poulet m'inquiétait, mais je me suis laissé emporter par mes préoccupations sentimentales. J'ai quitté mes baskets à la va-vite, balancé ma veste sur un fauteuil et je suis allé allumer l'ordi afin de fouiller dans les mails de Cécile. Elle avait une aventure ? Elle vivait quoi sans moi ?... Bon sang, Cécile, tu vas chercher quoi ailleurs, t'aimes pas le cul, t'aimes pas le fric ! J'ai tout pour faire ton bonheur : je baise mal et j'ai pas une thune !...

Quelqu'un a frappé, le chien s'est précipité à la porte, la queue joyeuse. « Entre ! » j'ai gueulé, après être *sorti* rapidement de la messagerie de Cécile. Laure est entrée. Elle avait caché ses cheveux blonds sous un bonnet de môme. Deux petites mèches s'en échappaient de chaque côté de ses joues – coquetterie. Le bas de son jean était glissé dans des hautes bottes en daim. La Parisienne. Elle m'a embrassé et m'a demandé comment ça allait : bien. J'étais seulement fatigué par ma journée de boulot et déçu de ne pas retrouver Cécile à l'appart.

– Viens avec moi, ce soir. J'ai des places pour un spectacle très marrant à la Cartoucherie.

– C'est où ?

– Château de Vincennes.

– Putain, en bout de ligne !

– Tu peux aussi regarder la télé, c'est moins loin, mais tu n'auras pas les mêmes émotions !...

– Je ne sais pas.

– C'est pas parce que ça coince avec Cécile que tu dois faire la gueule à tout le monde.

– Ellc t'a parlé ?

– Non.

– Alors, de quoi tu te mêles ?

– Me traite pas comme une étrangère, O.K. ?

– Excuse-moi. Ça coince avec Cécile, comme tu dis, et j'ai des soucis avec un môme que j'entraînais il y a quelques années.

– Tu veux qu'on se fasse un truc sympa à l'étage ? J'ai fait le plein en herbe et en alcool.

– Non, je te remercie.

– Ça m'arrange, parce qu'il faut vraiment que j'aille à la Cartoucherie pour y rencontrer un auteur.

– Tu ne veux pas sortir Oppi avant ? Je n'ai pas envie de redescendre.

Elle a soupiré mais a dit « O.K. ». J'ai quitté mon siège et je suis allé prendre une douche pendant que Laure baladait le clébard. Elle est revenue dix minutes plus tard, j'étais encore sous la douche. Elle est entrée dans la salle de bains.

– J'y vais. Tu es sûr que tu ne veux pas venir ? C'est un spectacle qui tourne bien.

– Merci. Est-ce que tu sais où est Cécile ?

– Studio de Boulogne… Figuration pour je ne sais plus quelle émission.

– O.K.

J'ai refermé la porte de la cabine de douche et suis resté encore dix minutes sous l'eau chaude. Après m'être abruti sous le jet brûlant, je me suis rincé à l'eau froide. Ça a stoppé ma suée, pas mes idées noires : Cécile s'éloigne… Quelqu'un a mis la main sur mon trésor ? Les pots de cosmétiques et les accessoires de maquillage posés sur l'étagère de la salle de bains me rappelaient que la beauté de Cécile n'était qu'une illusion. Et si tout n'était qu'illusions… *Bullshit!* On doit chanter sous la douche, pas philosopher.

Après m'être essuyé et avoir enfilé des fringues propres, j'ai pris une bière dans le frigo, puis je me suis servi un Get. Puis, un autre. Oppi était à mes côtés sur le divan. Je l'ai enlacé. Il y avait l'odeur du parfum de Laura sur son pelage, elle avait dû le câliner, j'ai repoussé le clébard et me suis installé confortablement. Mon portable s'est mis à sonner. Il était à portée de main, sur une table basse, entre les canettes de bière et la bouteille verte du Get, j'ai décroché. C'était un mec des productions AuthentiKs… une relation de travail de Cécile.

– Cécile n'est pas avec moi.

– C'est à vous que je désirais parler. J'ai quelque chose à vous proposer.

Ça m'a fait chaud au cœur, j'avais discuté de mes aventures de flic avec ce mec lors d'une soirée et il avait trouvé ça intéressant. Un rôle ou l'écriture d'un scénario me tentait.

– Vous avez toujours une vieille Super Cinq, année 85 ? On aurait besoin de ce modèle pour un film publicitaire.

J'ai raccroché sans répondre à ce connard. Ma petite amie et mon chien étaient déjà comédiens, pas question que ma bagnole mette une roue dans le showbiz !

Quelques minutes plus tard, un « ding » provenant de ma messagerie m'a signalé qu'un mail était arrivé. Après une hésitation, je me suis levé pour aller le lire. J'ai failli me vautrer sur la table basse, ce n'était pas à cause de mes genoux sans ligaments, j'étais bourré. Un Get et je plane.

L'expéditeur du message qui possédait des fichiers joints m'était inconnu. J'ai été tenté de le supprimer sans l'ouvrir, je crains les mails *virussés* qui foutraient en l'air mon ordi et le stock de photos de Cécile, mais l'adresse ne m'a pas semblé étrangère. Mathilde Bersegeot. J'ai ouvert.

Et compris.

Bersegeot est le nom de jeune fille de la mère de Patte-de-Poulet. J'ai lu le message. Elle m'expliquait en détail ce qui s'était passé depuis que Mathieu avait été vu pour la dernière fois par un ami, jeudi, au *Café de la Paix*, à Nevers, vers 18h00, mais ce récit n'était qu'un prétexte pour m'envoyer les dernières photos de son fils. J'ai mis quelques minutes avant de me décider à les télécharger, puis je l'ai fait. J'ai dessaoulé en une seconde. Mathieu était souriant, épanoui, un beau jeune homme aux joues dégrossies, au regard adulte. Sur l'une des images, une jeune fille au style gothique l'accompagnait, longs cheveux bruns, paupières ombrées, lèvres maquillées de noir… Sa petite amie peut-être. Madame Lechartier ne l'avait pas évoquée. Drôle de soirée. J'avais l'impression d'être un personnage enrôlé sur deux films, un drame sentimental et un polar. Je zappais involontairement d'une histoire à l'autre et doutais de trouver deux *happy end* au bout de ces aventures.

Les heures allaient me paraître longues jusqu'au retour de Cécile.

La plupart des gars avaient prolongé leur service

ce soir pour assurer la sécurité au Parc des Princes pendant un match du Paris SG. Je regrettais de ne pas les avoir accompagnés. Il faut surveiller les loges des invités pendant que les CRS se marronnent avec les supporters. Durant mon enfance, mon père m'avait emmené voir des matchs professionnels sur tous les stades du sud de la France,

Marseille, Nice, Monaco… C'était le soir, les projecteurs donnaient à l'herbe du terrain une teinte jaune irréelle qui m'éblouissait dès que je pénétrais dans la tribune. J'ai retrouvé cette couleur de pelouse unique lorsque je suis venu bosser au Parc pour la première fois. L'odeur des fumigènes a précisé le souvenir.

J'ai appelé J.-P., un collègue qui commençait son service à 21 heures, dans l'équipe de nuit. C'est un flicard pur jus qui aime son métier. On avait bossé plusieurs mois ensemble à police secours ; à l'époque, il n'avait pas d'appart à Paris, et couchait dans sa bagnole garée en bas du commissariat.

– Je prends ta place ce soir, J.-P.

– Vraiment ?

– Faut que je bosse. Je ne peux pas rester chez moi.

– Ça ne va pas ?

– C'est bon. Ne t'inquiète pas.

– Tu veux que j'appelle là-bas pour les prévenir ?

– Non, je vais régler ça.

Je savais qu'il accepterait. Sa femme était dans les dernières semaines de sa grossesse. J.-P. bosse au ralenti depuis un mois, évite les gardes, les heures supplémentaires, les missions à risques ; il connaît les statistiques de la corporation : la moitié des enfants naissent avant terme à cause du stress des femmes de flics.

J'ai mis vingt minutes pour rejoindre le commissariat. Le coup de bourre était passé dans le métro, j'ai pu m'asseoir. Je suis descendu deux stations avant, poussé par le besoin de marcher. Une rafale de vent m'a fouetté la figure en sortant de la bouche du métro, le trottoir était jonché de pages des *gratuits* distribués en journée. La rue d'Alésia était à deux pas de là, la petite môme Laura fréquentait sûrement les deux cafés du coin, des pubs aux vitrines sombres à travers lesquelles je voyais les ombres des noctambules en mal de sommeil ou de baise.

Je suis entré dans un bistrot qui diffusait le match du PSG, la patronne m'a préparé un sandwich, et j'ai rejoint le commissariat. C'est un ancien collègue de l'équipe scientifique qui assurait la garde devant la première entrée. Il a foiré une affaire, je ne sais plus laquelle. Je l'ai salué et suis monté à notre étage. Je me suis installé à mon bureau après avoir inscrit mon nom à la place de celui de J.-P. sur le planning. Les photos du crime de Laura B. étaient revenues du labo. J'ai défait l'enveloppe. Du beau travail : l'exposition était bonne et les angles choisis sur les plans larges rendaient des perspectives justes. J'avais même réussi la photo des éclats d'un verre brisé au sol qui correspond à l'indice 12. Pas facile. Faire une photo d'un verre cassé sur une scène de crime, c'est l'exercice vache sur lequel on souhaite ne pas tomber à l'examen d'agent de la police scientifique.

En examinant une des photos du salon, j'ai repéré sous un fauteuil un mégot qui a échappé aux gars pendant l'inspection. C'est un indice important qui peut livrer l'ADN de celui qui a fumé la clope, mais j'ai éliminé le cliché afin d'éviter des ennuis aux collègues. J'ai trié le reste des photos avant de commencer la rédaction du dossier technique. Ensuite, je suis allé chercher les coordonnées personnelles d'un enquêteur chargé des disparitions inquiétantes et je l'ai appelé chez lui. J'ai évoqué le cas de Patte-de-Poulet. Il m'a rassuré. D'après lui, rien n'exclut une fugue ; ça représente 95 % des disparitions de garçons entre 15 et 18 ans.

– Mais c'est un môme tranquille.

– Pas besoin d'une rupture amoureuse ou d'un conflit avec les parents pour leur donner envie de foutre le camp. Une scène particulière d'un film culte ou un titre de musique écouté et réécouté de leur groupe préféré suffit.

– Qu'est-ce que je peux faire ?

– Depuis Paris ? Rien. Tu peux conseiller à la mère de refaire par elle-même la procédure… Faire le tour des hôpitaux, des foyers, des squats… mais, elle n'obtiendra aucun résultat.

– Merci.

– Qui s'occupe de l'affaire, flics ou gendarmes ?

– Je ne sais pas… Le gamin a été vu pour la dernière fois à Nevers, une ville en zone « police », mais il habite une cité voisine, en zone « gendarmerie ».

– J'espère que c'est « nous » qui avons l'affaire… Appelle-moi si tu as besoin de quelque chose.

– O.K.

J'ai raccroché. Un collègue m'a servi un gobelet de café puis j'ai essayé d'appeler Cécile, mais n'ai eu aucune réponse. Cette absence me pesait sur les nerfs. J'ai fini mon café dans la salle de repos où les mecs écoutaient les matchs à la radio. Un des agents féminins du commissariat est venu s'asseoir à côté de moi. Elle avait une mine fatiguée, les yeux cernés. C'est elle qui est chargée de prendre les dépositions des femmes et des enfants victimes d'agressions sexuelles dans notre arrondissement, deux cas par jour en moyenne. Elle n'a aucune formation, elle fait de son mieux pour traduire les sanglots, les bégaiements et construire un récit lisible. Parfois, elle pète un câble, on l'entend chialer dans le vestiaire. Je lui ai proposé de lui préparer un thé ou une tisane mais elle a refusé.

– Ça va, Agnès ?

– Ça va, Francky.

On avait la même tête, la même voix désabusée.

– Tu finis à quelle heure ?

– J'ai fini à 18 heures, mais ils m'ont rappelé pour une fille qui vient de se faire amocher.

– Alors ?

– Cette ville rend les gens cinglés !

C'est une fliquette en tenue, habituellement son pantalon et sa chemisette gardent des plis impeccables toute la journée, mais ce soir, son uniforme était aussi chiffonné que son visage.

– T'as une sale tête, Agnès.

– Toi aussi, Francky.

– … Ma copine ne supporte plus mon boulot.

– Et toi, tu te supportes ?

– Oui, ça va, je tiens le coup.

– Si elle t'aime, elle restera.

– Si elle m'aime plus ?

– Tu m'en demandes trop… Je ne sais plus comment pense une femme… Je ne sais plus ce que c'est qu'aimer… Toute la journée, je ne croise que des mal-aimés : des flics et des femmes battues !

J'ai souri. Pas elle.

3

L'aube se pointait derrière la fenêtre de mon bureau. Mes yeux papillonnaient de fatigue. J'ai enregistré sur l'ordinateur le brouillon du dossier technique de l'affaire Laura B. que je bossais depuis une heure, et je suis rentré. Les deux gardiens de la paix postés aux entrées du commissariat portaient un gilet pare-balles et un pistolet mitrailleur en bandoulière. La DGSE avait dû balancer des informations durant la nuit sur des risques d'attentat. Vigie Pirate était activé. J'ai pris le métro jusqu'à chez moi. Je n'ai trouvé personne à l'appart. Aucun message de Cécile sur mon portable, ni *Post-it* sur une table. Je me suis accroché aux gestes élémentaires de survie : préparer du café frais – le glougloutement de la cafetière joue le rôle apaisant du crépitement des flammes dans la cheminée des bourgeois. J'ai fait descendre le chien en attendant que le café passe.

Dans la rue, je me suis aperçu que j'avais oublié mes clés à l'appart. Notre porte est autobloquante, il faut la clé pour enclencher le pêne. « Putain de clébard ! » Il me faudra me faire inviter chez Laure en attendant le retour de Cécile. Je n'avais pas envie d'y aller tout de suite alors je suis entré dans le bar du coin. Le comptoir m'est *ouvert* depuis que j'avais secouru le patron dans une affaire de racket.

J'ai commandé un grand café et pris un vieux *France-Football* sur le zinc. Ma conscience est souvent parcourue de remords en bouquinant cette revue. Parmi les compositions d'équipes professionnelles, je reconnais les noms de deux ou trois potes qui étaient en sélection régionale avec moi. Mon père, abonné à ce journal, doit suivre leur carrière match après match, et se dire : « Mon fils aurait… » Je l'ai feuilleté aujourd'hui en gardant un œil sur la rue. La silhouette que j'attendais est apparue quelques minutes plus tard. Cécile rentrait, j'ai reconnu son pas élastique et sa chevelure en pétard, une coupe courte faussement décoiffée qui donne du chien à son visage. Elle était fringuée sans coquetterie, un jean, un pull et une veste de l'armée achetée chez un fripier. J'ai demandé deux croissants au patron, et un autre café. Il m'a apporté une corbeille remplie de viennoiseries. « Sers-toi. »

Je me goinfrais quand un type est entré pour acheter un ticket de je ne sais quel jeu à gratter. La femme du patron l'a servi au guichet. Il s'est installé à une table. Nous nous sommes souri, je lui ai fait un clin d'œil. Il a gratté. Et rien gagné. Dommage, j'avais failli devenir le pote d'un millionnaire. J'ai bu les dernières gorgées de mon café où nageaient quelques morceaux de brioche. Me sentant prêt à me lancer dans une discussion nerveuse avec Cécile – la cafetière devait avoir fini de cracher son jus dans la cuisine, c'était à mon tour de le faire – je suis sorti du bar, et j'ai sonné à l'interphone.

– C'est Franck, tu peux m'ouvrir ?… J'ai oublié mes clés.

– Non.

– Hein ?

– Va faire un tour. J'ai besoin d'une heure pour prendre mes affaires. Je te quitte. Garde l'appartement pour l'instant, on s'arrangera après.

– Qu'est-ce que tu racontes ?

– Je suis sérieuse, Franck. Va promener le chien encore un peu. J'ai besoin d'une heure pour récupérer quelques affaires, ensuite je pars. Je te poserai les clés dans la boîte aux lettres que je laisserai ouverte. Je ne veux pas te voir aujourd'hui. On se téléphone dans une semaine.

– Ouvre-moi cette porte.

– Je ne plaisante pas, Franck. Tu sais qu'on ne peut pas continuer ensemble.

– Le cinéma te monte à la tête !

– Sois gentil. Va faire un tour avec le chien.

– Ouvre cette porte ou je fracasse tout.

– Ça n'arrangera rien.

J'espérais franchir la porte avec un voisin, mais personne n'est entré ou sorti de l'immeuble. J'ai réappuyé sur la sonnerie de l'interphone.

– Quoi ?

– Tu crois que ça va se régler comme ça ? Que tu vas me foutre à la porte pendant une heure, comme si c'était une partie de cache-cache et qu'il fallait que je te laisse de l'avance ?

– Tu compliques les choses. La situation est simple : je m'en vais, c'est tout. Tu m'as prise pour une poire avec Laure !

– De quoi tu parles ?

– Tu couches avec elle depuis un moment, salaud. Tu n'as même pas la classe de choisir une fille qui soit étrangère à ma vie. Tu te tapes une amie qui est notre voisine.

– C'est faux.

– Tu mens.

– C'était qu'une erreur… Un soir où j'avais bu et fumé trop de pétards.

– Le coup de canif, comme on dit…

– C'est ça…

– Tu t'enfonces, Franck… Tu aurais mieux fait de promener le chien comme je te l'avais proposé. Ça t'aurait évité de me montrer ce visage minable.

– C'était qu'un coup tiré cette nana…

– Oui… À chaque fois que je m'absentais.

– Comprends-moi ! Tu es là un soir sur deux à cause de tes soirées de merde ! Quand tu es en tournage, on ne peut pas te toucher non plus… J'ai trouvé cette fille pour me vider les couilles, c'est tout !

– T'es devenu un sale con depuis que tu es flic.

Elle a raccroché l'interphone. J'ai sonné à nouveau, et resonné, elle n'a plus répondu. Dans un élan de rage, j'ai secoué la porte vitrée du hall de l'immeuble, mais elle n'a pas cédé. J'ai sonné chez Laure.

– C'est Franck. Ouvre-moi s'il te plaît. Je n'ai pas mes clés.

– J'ai écouté votre conversation en décrochant mon interphone.

– Et alors ?

– Va te faire foutre !

Elle a raccroché. Coup de sang, coup de chaud, coup de froid, j'ai eu l'impression de passer par tous les états. J'ai sifflé le chien, il s'éloignait. J'ai gueulé son nom. Il ne s'est pas retourné. Les bêtes ont un instinct pour renifler les *losers*. J'ai donné un coup de poing dans l'interphone qui s'est mis à siffler et je me suis éloigné dans la direction opposée à celle du clébard. Autre vie, autre chien.

Sans fric, sans papiers, ni téléphone, je suis retourné à la boîte en fraudant les portillons du métro. C'était pas le moment qu'une *blouse verte* des contrôles vienne m'emmerder !

Au commissariat, le chef sortait du *briefing*, je l'ai arrêté devant la porte de son bureau. C'était un homme grand, d'une quarantaine d'années, au visage ascétique. Sa coupe de cheveux sobre, raie de côté, et ses costumes de bonne coupe lui donnent des allures de jeune député.

– J'ai besoin d'une semaine, chef.

– Pas question, Bostik.

– Mettez-moi en congé ou en R.T.T., s'il vous plaît… Il me faut cette semaine.

– C'est pas la Poste ici.

– J'ai une cinquantaine de R.T.T. à prendre…

– Vous n'êtes pas le seul. Vous saviez ce qui vous attendait en choisissant Paris. Vous venez du 93, je crois.

– Je ne regrette pas, je ne suis pas en train de craquer.

– Accrochez-vous… Les conditions de travail sont difficiles. Nous manquons de personnel et de moyens, l'argent est distribué aux brigades spéciales pour qu'ils réussissent des arrestations médiatiques…

C'est bon, c'est bon, ai-je pensé, me raconte pas ta vie, tu rêves de devenir divisionnaire pour diriger une de ces brigades.

– Je sais, chef…

Il a vu ma gueule tendue à l'excès.

– Entrons dans mon bureau.

Je l'ai suivi. Il s'est assis et m'a demandé de m'asseoir. « Je reste debout.

– Asseyez-vous, Bostik !

– O.K.

Il n'y avait rien de personnel dans cette pièce. C'était fonctionnel. L'ameublement, bureau, lampes, bibliothèque, tableaux étaient empruntés au service déco de la maison poulaga. On retrouvait des meubles et des luminaires identiques à d'autres étages.

Il m'a servi un laïus à l'américaine… « *To serve and protect* », servir et protéger nos concitoyens… *Bullshit !* Ce mec était un carriériste, comme tous les chefs de service de la police, il ne s'intéressait qu'aux statistiques des affaires résolues. Lors d'une réunion, ce chef « *to serve and protect* » nous avait conseillé de laisser tomber les affaires de touche-pipi – ça voulait dire les viols et attouchements sur mineurs – qui mobilisent trop de personnel, et nous avait demandé de ne plus nous intéresser qu'aux vols à l'étalage qui se résolvent rapidement. Servir et protéger son cul, c'est tout ce qu'il veut.

À la fin de son discours, je m'étais calmé. Je savais comment le faire céder. Il refile la moitié de son salaire à son ex-femme qui élève leurs gosses.

– Chef, ma petite amie m'a foutu à la porte de chez moi. J'ai besoin d'une semaine de repos pour me refaire la cerise.

Il a grimacé.

– Venez travailler. Ça vous fera du bien d'être au milieu de vos collègues. La police est une grande famille.

– Non… Je vais me mettre en arrêt maladie…

Il m'a lancé un regard noir, les muscles de ses mâchoires ont joué sur ses joues. C'était son vrai visage : maigre, hargneux, mordant, comme un *poids coq* prêt à s'inscrire en *toutes catégories*. Il s'est repris.

– Prenez deux jours. Aujourd'hui et demain. C'est tout ce que je peux faire. Avec le week-end, cela vous fera 4 jours pour vous reposer.

– Merci.

J'étais d'astreinte ce dimanche, mais il m'était facile de trouver un collègue qui accepterait de me remplacer. Je me suis levé, j'ai salué le chef et quitté son bureau. Au moment où je franchissais la porte, il m'a souhaité de tenir bon dans mon histoire sentimentale.

– Une de perdue, dix de retrouvées !

C'est ça, Ducon, si j'en trouve dix comme cette traîtresse, je me flingue ! J'ai regagné nos bureaux et conclu un arrangement avec un gars pour qu'il prenne ma place au boulot dimanche. Je ne lui ai pas parlé de Cécile, mais de la disparition de Patte-de-Poulet.

– Je connais du monde au service de documentation criminelle…, a-t-il dit.

C'est un service informatisé regroupant tous les fichiers, personnes recherchées, voitures volées…

– Si tu as besoin d'un coup de main, n'hésite pas.

– Merci.

J'ai ensuite téléphoné à l'état-major pour qu'il valide la modification du planning. Un fonctionnaire m'a répondu que ça ne se faisait pas, qu'il fallait remplir les formulaires et suivre la procédure.

– T'es qui toi, pour m'imposer des horaires ou me demander des justifications ? T'es qui, bordel ? T'as déjà foutu les pieds sur le terrain ? T'es déjà sorti de ton bureau ?

– Ne vous énervez pas !

– Tu veux qu'on échange nos places une journée ?

– Calmez-vous, lieutenant…

– Tu m'arranges ça tout de suite…

– D'accord, c'est bon. »

De retour au pied de mon immeuble, j'ai trouvé les clés dans notre boîte aux lettres. Cécile avait enlevé l'étiquette qui portait son nom. Je suis monté à l'appart. Des placards étaient vides. Cécile était partie avec deux valises de fringues. Elle avait aussi embarqué le disque dur externe branché sur l'ordi où elle stockait ses documents professionnels. Le reste de l'appart était en ordre. Elle n'est pas du genre à dégonder les portes, à renverser les étagères, à saloper les miroirs à coups de rouge à lèvres, mais son départ ordonné, peut-être prémédité, m'a fait de l'impression.

Je ne pouvais pas rester ici, ça puait l'échec, la solitude, je suis ressorti. L'ascenseur descendait. Je l'ai arrêté. Les portes se sont ouvertes sur Laure adossée à un coin de la cabine. Ses yeux m'ont dévisagé froidement. Je suis entré. Les portes se sont refermées, l'ascenseur a eu un soubresaut avant de reprendre sa descente.

– T'es une ordure, Franck.

– Qu'est-ce que tu voulais que je lui dise ? Que je t'aime ? C'est pas vrai. T'es une amie et un bon plan cul. C'est tout.

Elle a blanchi. Nous avons fini la descente en silence et nos regards ne se sont plus croisés. Elle est sortie la première d'un pas rapide comme si j'avais pété dans la cabine.

J'avançais au radar dans le quartier. Le pif au vent, les yeux dans le vide. Quand les collègues ont le moral plombé, ils se planquent dans un bar à flics où ils savent qu'ils seront libres de boire jusqu'au coma et de rouler sous la table sans risque de se faire voler leur arme ou leur carte. Moi, dans cette situation *borderline* comme disent les stars, je marche et j'empile les idées les unes sur les autres, ça se casse la gueule, je recommence.

Mon portable a sonné pendant ma balade. C'était Mathilde Lechartier : Qu'est-ce que je faisais ? Est-ce que je pouvais venir l'aider ? Juste une journée ? Elle était perdue. Elle ne savait plus qui contacter. On a discuté une demi-heure. À la fin de la communication, elle a dit : « Je compte sur vous, Franck ». J'avais marché jusqu'au quartier Montparnasse, je suis revenu sur mes pas. Les pensées s'empilaient désormais, j'ai coupé au plus court pour arriver chez moi rapidement, j'ai mis quelques affaires dans un sac de sport, un pack de bières également, j'ai pris ma Carte Bleue et quitté l'appartement.

Ma voiture était garée à deux rues de là, j'y suis allé en sifflotant. Rue du Cherche-Midi, le poissonnier nettoyait ses étals au jet, le restau du coin de la rue avait tendu des bâches translucides pour que les bobos aient l'illusion de déjeuner en terrasse et le patron de la boutique médiévale avait mis son armure en exposition sur le trottoir. En passant, j'ai donné une chiquenaude sur la coque d'acier du torse, ça a fait un bruit de casserole vide, j'aurais entendu un son identique en me frappant la poitrine. En tournant au coin de la rue, j'ai aperçu Oppi assis à côté de la bagnole. Il est venu à ma rencontre. J'ai ouvert la voiture, il est monté. J'ai démarré, direction le périph', l'A6, l'A77…

La Nièvre.

Je portais toujours mon holster, j'avais oublié de déposer mon flingue – Manhurin 38 spécial police – à l'armurerie du commissariat.

4

La route était dégagée. Pas de radars, pas de flics. Milly, Montargis… je m'éloignais de Paris et Cécile prenait de plus en plus de place dans ma tête. J'ai envoyé une giclée de lave-glace et mis en route les essuie-glaces pour effacer le portrait de mon *trésor* en filigrane sur le pare-brise. Ça n'a enlevé que les mouchetures des insectes explosés. Je me suis calé sur la droite et j'ai cherché des idées dans le paysage. Il n'y avait rien, pas une colline, pas un hectare de forêt, mais seulement quelques plants de vigne en arrivant dans la Nièvre. J'ai essayé de me concentrer sur la disparition de Mathieu et l'enquête qu'il me faudrait mener.

À Nevers, j'ai traversé la zone commerciale à la périphérie de la ville… *Baboo land,* le pays des échoppes en tôle, des foires à dix sous, des dépôts-ventes de meubles et autres discounts de la fringue… Je suis arrivé dix minutes plus tard dans le quartier de Mathieu. Les rues et les maisons de cette cité de la banlieue de Nevers m'étaient restées familières. La maison des Lechartier est située au cœur d'un lotissement pavillonnaire, un coin mal aimé par le reste de la ville parce que les familles qui ont fait construire ici il y a une dizaine d'années étaient d'origines modestes… des cas sociaux qui avaient bénéficié d'aides diverses de la part de la mairie. Une centaine de mètres avant d'arriver au lotissement, j'ai reconnu une statue blanche représentant une silhouette de femme posée sur un socle. Elle est installée sur une petite place ceinte d'une haie de troènes et s'appelle l'Aviatrice. La tête avait disparu. Embarquée par les gamins du quartier, je me suis dit.

Patte-de-Poulet adorait cette statue. Je l'avais emmené à la mairie et aux archives départementales afin qu'il se renseigne sur son histoire. Le destin tragique de la jeune Américaine dont l'avion s'était écrasé en 1934 – à l'endroit où sera construit le lotissement de Mathieu cinquante ans plus tard – avait chamboulé son cœur. Dans les rues, quelques personnes bricolant une bagnole sur le trottoir ou taillant la haie de leur clôture m'ont fixé d'un regard méfiant. J'étais toujours immatriculé « 93 ».

Je me suis garé devant la maison de madame Lechartier. Une baraque sans attraits, crépi jaune comme partout ailleurs, haie de thuyas comme chez les voisins… J'ai laissé Oppi au volant et suis allé sonner, sans obtenir de réponse. J'ai ouvert le portail et fais le tour du pavillon. Il n'y avait personne dans le jardin qui paraissait entretenu : la taille d'hiver avait été effectuée sur les rosiers boules, les forsythias et sur un tas d'autres buissons d'ornement dont j'ignorais l'espèce, la terre avait été piochée récemment dans les parterres de fleurs, et les bulbes retirés. Je me suis approché des portes-fenêtres pour regarder par les carreaux, l'ameublement n'avait pas changé. Des trucs sobres et de bon goût que la mère de Mathieu avait dénichés patiemment dans des brocantes.

J'ai frappé à la vitre mais rien n'a bougé dans la maison. Je retournais à ma voiture quand un type a traversé la route pour venir vers moi.

– Vous cherchez quoi ?

– Bonjour…

– Qu'est-ce que vous êtes venu faire là ?

Ça m'a chauffé. Le type était arrivé droit sur moi, les manches de sa chemise relevées sur des avant-bras de maçon. J'aurais pu lui montrer ma carte de flic, mais ça m'excitait de me coltiner avec ce con.

– Qu'est-ce que ça peut te foutre ce que je viens faire là ?

Le mec a changé de ton.

– Je voulais juste savoir qui vous étiez, et si vous aviez des informations sur Mathieu…

– Il n'est pas encore revenu ?

– Non… Vous êtes de la famille ?

– Je suis un ami. »

Il habitait deux maisons plus loin. Je l'ai suivi chez lui. Nous sommes entrés dans un pavillon de deux étages. Les haies et la pelouse n'étaient pas entretenues. Malgré l'automne, la végétation était florissante, des ronces, du chiendent, du liseron… Il y avait également une balançoire déglinguée qui n'inspirait pas confiance aux piafs, j'ai vu deux moineaux redécoller une seconde après qu'ils eurent posé leurs pattes sur le tube transversal de la structure. Le mec connaissait bien Mathieu, il est éducateur bénévole dans le même club de foot. Il a sorti deux bières du frigo que nous avons bues dans la cuisine. L'évier était encombré de casseroles et d'assiettes sales, la plaque de la gazinière, couverte de taches de graisse de cuisson, et il n'y avait pas un endroit propre sur la table où poser ma bouteille de bière. Je l'ai gardée à la main.

– Vous n'avez aucune idée pour expliquer le départ de Mathieu ?

– Non. Je l'ai vu mercredi au stade. Nous avons fait les convocations des enfants pour le match de samedi après-midi. Il était motivé, son équipe devait jouer contre Nevers.

– Tout allait bien ces dernières semaines ?

– Oui.

– Et au cours des derniers mois ? Il n'y a pas eu de problèmes particuliers ?

– Non, c'est un gamin droit. Il est à l'écoute des enfants qu'il entraîne, il est respecté par les parents, et à chaque fois qu'il est absent pour un match ou un entraînement, il prévient afin qu'un autre éducateur prenne sa place.

– Et qui fréquente-t-il ?

– Ce sont des questions de flic.

– Je suis flic.

– Vous êtes son ami de Paris ?

– Oui, Franck Bostik.

– Il m'a déjà parlé de vous. Vous étiez un bon joueur.

J'ai acquiescé et ressenti un frisson, ça faisait un bail que je n'avais pas entendu ce genre de compliments. Il a débarrassé la table des couverts, des assiettes et des verres, il a foutu ça en vrac dans une bassine et a passé un coup d'éponge sur le Formica.

– Une autre bière ? Vous avez faim ?

Oui, j'ai répondu. Il a sorti un saucisson du frigo, puis en a coupé des tranches qu'il a mises dans une assiette. Nous avons mâchouillé les rondelles de sauciflard et bu nos bières en silence. L'odeur de la cochonnaille a excité nos papilles et l'alcool des binouses nous a débarrassés de nos bonnes manières, on s'est regardés les yeux dans les yeux, et nous nous sommes parlé en potes. Il a évoqué le club de foot, je connaissais les noms de joueurs ou de dirigeants qu'il citait, je mettais une image sur les lieux qu'il décrivait, le terrain d'honneur, en gazon, le stabilisé, les vestiaires, le foyer… Il m'a demandé si j'avais vraiment été un bon joueur, j'ai dit « oui » parce que c'était vrai. Ses yeux ont brillé.

– J'aurais aimé que mes gamins jouent au foot. Je les aurais entraînés tous les jours.

Il vivait seul depuis deux ans. Il avait quitté son boulot dans le Nord, en échange d'une bonne prime qui lui avait permis de faire construire ici, la région de sa femme. Passionné de ballon, il était devenu éducateur-dirigeant. Il fait partie de ces gens qui donnent un coup de peinture aux vestiaires mais ne bricolent pas chez eux, qui discutent avec leurs joueurs et ne trouvent rien à dire à leur femme. Son épouse n'avait pas supporté. Divorce merdique : « Garde la maison, je garde les gosses ! »

– Et la mère de Patte-de-Poulet ?

– Patte-de-Poulet ? C'est de Mathieu que tu parles ?

– C'était son surnom.

– Plus personne ne l'appelle comme ça…

Madame Lechartier est une belle femme… Pas voyante, pas bêcheuse, et pourtant quelle classe…

Je m'en souvenais.

– Elle s'entend bien avec son fils ?

– Oui… Elle passe chercher Mathieu au stade quand son scooter est en panne. S'il manque une voiture pour conduire l'équipe au match, elle nous accompagne.

– Elle a un mec ?

– Je crois.

– Il vit avec eux ?

– Non. Il vient la chercher. Dans une belle caisse… Une Audi coupé.

– Mathieu s'entend bien avec lui ?

– Je ne sais pas. Il ne m'en a jamais parlé… Tu viens faire une enquête de flic ou tu passes seulement prendre des nouvelles ?

– Je ne suis pas un flic d'investigation, je bosse à la police scientifique.

– Tu repars ce soir ?

– Je vais rester un peu… Qui s'occupe de cette affaire ? Ce sont des gendarmes du coin ou la police de Nevers ?

– J'ai vu une fourgonnette de gendarmes…

– Mathieu a une copine ?

– Non.

– O.K… Sa mère rentre à quelle heure ?

– Dans pas longtemps.

Il était 16 heures, je n'avais pas dormi depuis un jour et demi. Je suis retourné à ma voiture avec l'idée de m'offrir une sieste de quelques minutes sur la banquette arrière. Simon m'a suivi afin de poser sa poubelle et nos canettes vides sur le trottoir.

Je n'ai pas pu ouvrir ma portière.

Putain de clébard ! Il avait actionné le levier de fermeture en posant sa patte ou son museau contre la vitre, et les clés étaient restées à l'intérieur. J'ai secoué les quatre portières l'une après l'autre, le coffre également, ils étaient verrouillés solidement. C'était bien une caisse française : j'avais changé deux fois le joint de culasse, deux fois la courroie, fait cinq vidanges et un changement de pot, mais le système de fermeture restait nickel, comme au premier jour. J'ai pesté contre ces problèmes de portes closes qui me pourrissaient la vie depuis ce matin !

Simon est parti chez un voisin. Il est revenu avec un ado d'environ seize ans, à la gueule boutonneuse. Le gamin habillé d'une doudoune Ellesse portait une visière Lacoste autour du front.

– Un petit footeux du club, il va t'ouvrir ça en deux minutes.

La vieille technique de vol à la roulotte sur les voitures des années 80 : le môme a désossé un cintre en fil de fer rigide, il a fait glisser le fil le long de la vitre, clic-clac, c'était déverrouillé, il a ouvert la portière mais le chien roulé en boule sur le siège passager n'a même pas voulu sortir. J'ai pris mes clés et claqué la portière en menaçant Oppi des pires tortures s'il recommençait ses conneries, puis j'ai envoyé Simon nous rapporter des bières pendant que je cherchais dans mon portefeuille un billet à offrir au gamin. Je lui ai donné dix euros.

– Tu connais Mathieu ?

– Ouais.

– Tu as des nouvelles de lui ?

– Nan. C'est pas un pote. Il est plus vieux.

– Tu penses qu'il est parti où ?

– J'en sais rien.

– Personne n'en a parlé au club, dans le quartier ou au lycée ?

– Je ne suis pas au lycée, je suis dans un C.F.A. En mécanique… (Il a regardé ma voiture.) Si tu veux, je te retape ta caisse.

– Elle marche comme une horloge.

–T'as deux ans de retard sur le contrôle technique d'après la vignette.

–T'occupe pas de ma vignette.

Il s'est accroupi devant un de mes pneus.

– T'as des pneus lisses, tes disques de freins sont rayés, tes essuie-glaces sont foutus, ton joint de pare-brise se décolle… Tu me laisses ta caisse deux jours, et je te la retape pour deux cents euros.

– Tu ne toucheras pas à ma voiture, mais je te file cinquante euros si tu me donnes une bonne information sur Mathieu… Renseigne-toi.

Simon revenait avec les bières, mais je lui ai fait un signe de la main pour qu'il reste près de son portail.

–Tu veux savoir quoi ? a demandé l'ado.

– Des choses que sa mère ne peut pas savoir, des histoires qu'on cache aux adultes.

– T'enflamme pas, c'est pas un dealer, Mathieu, il n'a rien à cacher.

– Est-ce que tu connais les filles qu'il fréquente ?

– Non.

– Une fille brune aux cheveux longs ?

– La goth ?

– Oui… Je croyais que tu ne connaissais pas les filles qu'il fréquentait.

– Je vois qui c'est, mais je ne la connais pas. Les gothiques sont des sales fachos. Elle, c'est une pute, on s'est déjà foutu sur la gueule avec sa bande de cinglés… Ils se sont amenés à une soirée et nous ont balancé des capotes remplies de sang !

– C'est la petite amie de Mathieu ?

– C'est la pute de tous les goths.

– Où est-ce que je peux la trouver ?

– Je ne sais pas.

– Allez !

– Promis. Ils sont un petit groupe, ils se réunissent en secret pour faire leurs trucs, ils se scarifient les bras, ils se brûlent avec des clopes…

– Mathieu y participe ?

– Non.

D'après lui, les goths n'avaient rien à voir avec le départ de Mathieu, il s'était cassé à cause de son beau-père, un sale con.

– Il te l'a dit ?

– Non, mais je connais ce type. C'est le patron d'une discothèque de Nevers, un facho, lui aussi, qui ne laisse entrer que les bourgeois dans sa boîte de merde !

– Quelle boîte ?

– Le *Blue Box*.

Les mœurs avaient évolué. À l'époque où je vivais ici, cette discothèque était une boîte échangiste et gay selon les jours de la semaine.

– Je te remercie.

– Tu me files les billets ?

– Oui.

– Rajoute cent euros et je te fais ta caisse !

Ce petit branleur acnéique me gonflait. J'ai sorti un billet supplémentaire.

– Tiens, voilà 10 euros en plus pour que tu ailles t'acheter un flacon de Biactol.

– Va te faire mettre !

Il est retourné chez lui, Simon était rentré dans son pavillon depuis un moment. Je me suis assis sur le capot de ma voiture dont la tôle s'est creusée sous mon poids. J'ai levé les yeux, le ciel s'était couvert depuis mon arrivée, un bus est passé, portant l'inscription « Ligne 4 Collège », trois gamins sont descendus à l'arrêt.

J'ai soupiré. Mathieu avait disparu, Patte-de-Poulet était parti également, et ce dernier ne reviendra plus, quelles que soient mes recherches. L'adolescence l'avait mâchonné durant deux ou trois ans puis recraché sous une forme et avec un caractère qui m'étaient étrangers. Dans cette affaire, le seul fugueur, c'était moi.

J'ai appelé Cécile. Les sonneries défilaient et je rêvais qu'il ne s'était rien passé entre nous. Ni clash, ni infidélité. Son répondeur possédait un nouveau message d'accueil. Ça m'a donné l'impression de téléphoner à une inconnue. J'ai raccroché et gardé le silence. Mon trésor s'enfuyait. O.K., j'avais peloté la voisine, mais tous les hommes le font. Je ruminais. Il y a eu un coup de vent, mon âme s'est envolée avec la brise et, jetant un œil derrière elle, m'a vu tel que j'étais : un type sans avenir planté sur le capot d'une caisse pourrie.

Repoussant la fatigue, j'ai ouvert la porte de la voiture pour laisser sortir le chien puis je suis allé jusqu'à la maison de Simon. J'avais d'autres questions à lui poser en attendant la mère de Mathieu. Je suis entré sans frapper à la porte, et l'ai trouvé à la table de la cuisine, secoué de sanglots, les paumes de ses mains cachaient son visage. Je suis reparti sans dire un mot. Le partage du divorce n'avait pas été équitable, la maison pour lui, les gosses pour elle, et Simon avait eu la garde de tout l'amour.

Au moment où je sortais de la villa, une Audi coupé gris métallisé s'est arrêtée devant chez Mathieu. Sa mère en est sortie du côté passager, elle a fait un signe de la main au conducteur, puis la voiture est repartie en trombe, moteur ronflant. Mathilde Lechartier m'a aperçu. J'étais à une dizaine de mètres d'elle. Elle est restée immobile et a attendu que je vienne. Une jupe noire près du corps descendait au-dessous de ses genoux, on pouvait découvrir ses mollets fins et fermes à travers des collants de couleur chair et satinés. Elle portait une chemise cintrée noire dont les trois premiers boutons étaient ouverts – j'ai aperçu le bord de son soutien-gorge rouge pigeonnant –, et tenait la veste de son tailleur noir sur le bras. J'avais à peine vingt ans la première fois que je l'avais rencontrée. À cet âge, on ne couche qu'avec des filles en jean, et les femmes en robe nous laissent l'impression de posséder quelque chose d'inconnu et de savoureux entre les jambes.

Je l'ai rejointe. J'ai eu l'impression qu'elle était gênée par mon premier regard comme si elle avait vu le bouillonnement de mon désir clignoter sur mon visage.

– Bonjour Franck, a-t-elle dit.

J'ai senti une présence dans mon dos, me suis retourné : Simon, les yeux rougis, était appuyé à son portail, et l'ado boutonneux accoudé à une fenêtre, chez lui.

5

La mère de Mathieu m'a tendu la main. Ses lèvres se sont entrouvertes sur un sourire sans chaleur. Elle m'a demandé si j'avais des nouvelles de Mathieu. Je lui ai dit non.

– Rentrons, a-t-elle proposé.

Je l'ai suivie sans me soucier des deux curieux qui nous épiaient. Elle marchait devant moi, plus petite que dans mon souvenir, quarante ans à peine, sans un fil blanc dans sa chevelure brune. Elle a ouvert la porte de la maison et m'a conduit au salon. J'avais déjà vu la pièce par la porte-fenêtre, mais j'ai fait semblant de la découvrir avec elle.

– C'est toujours aussi joli…

– Merci. Ça fait longtemps que je n'ai rien changé. Je ne chine plus.

Elle a écarté les tentures rouges rayées de blanc pour donner un peu de lumière. J'ai détaillé la pièce au jour: comme je l'avais remarqué plus tôt, les meubles n'avaient pas changé depuis ma dernière venue, mais elle avait harmonisé la couleur des tissus. Tapis, rideaux et coussins étaient à dominante rouge. Le rouge n'était pas excitant, au contraire, on ressentait une sensation de chaleur apaisante en pénétrant dans le salon. Je me suis assis sur le divan, un canapé en vieux cuir de couleur ocre, aussi moelleux qu'une selle de cheval.

– Vous voulez boire quelque chose ?

– Un thé ou du café.

– Pas d'alcool ?

– Je suis fatigué, j'ai besoin d'un excitant.

Elle est partie à la cuisine. J'ai entendu claquer des portes de placard. J'ai bâillé deux fois, l'engourdissement me guettait. Je l'ai rejointe pour éviter de somnoler au salon. Elle a versé de l'eau dans une bouilloire et préparé des tasses. Ses talons claquaient sur les carreaux en faisant un bruit de métal désagréable. La pièce était accueillante, fonctionnelle, avec des barres chromées pour accrocher les ustensiles, des vitrines murales spacieuses équipées de spots halogènes dirigés vers l'évier, le plan de travail. Ce nouvel aménagement était digne d'un modèle de cuisine présenté sur les pages d'un magazine de déco.

– Vous êtes arrivé quand ?

– À l'instant…

– Vous auriez dû me prévenir, j'aurais quitté mon travail plus tôt.

– Vous avez appris quelque chose de nouveau depuis que vous m'avez téléphoné ?

– Rien…

Une diode s'est allumée sur la bouilloire, l'eau était prête. J'ai emmené les tasses et les soucoupes au salon, la mère de Mathieu marchait derrière moi avec la bouilloire. Elle a versé l'eau et déposé un sachet de thé dans chaque tasse. Nous avons gardé le silence quelques secondes, nous nous observions. Elle fouillait sa mémoire pour y retrouver mon visage et chercher des changements sur mes traits. Je faisais la même chose. Sans succès. Elle était la même.

– Pour commencer, on va revenir sur certains points que vous avez évoqués au téléphone ou dans le mail… Le père de Mathieu ?...

– Mathieu avait trois ans quand il a eu un accident de voiture.

– Il a encore de la famille du côté de son père ?

– Seulement un oncle qui a émigré en Australie, il y a une dizaine d'années.

– Il faudra chercher de ce côté-là… On ne sait jamais… C'est le seul lien qui lui reste avec son père.

– Mathieu ne s'est jamais posé de questions sur son père.

– Mathieu ne *vous* a jamais posé de questions sur son père… Ça ne veut pas dire qu'il n'ait pas eu envie d'en savoir plus sur lui.

– D'accord… Mais, je ne connais pas l'adresse, ni le téléphone de son oncle. Il y a quatre ou cinq ans, il a envoyé une belle montre à Mathieu. Il la porte encore aujourd'hui. C'est la dernière fois que j'ai entendu parler de lui.

– Vous n'avez pas conservé l'adresse de l'expéditeur inscrite sur le colis ?

– Non.

– Et les filles ? Mathieu a une petite amie ?

– Je ne pense pas.

Je lui ai demandé qui était cette fille brune sur la photo que j'avais reçue. Elle ne savait pas. Elle avait envoyé cette photo parce que Mathieu y était beau, mais c'était la seule image où il était en sa compagnie. Elle m'a confié que Mathieu avait eu une histoire malheureuse avec une fille rencontrée sur un festival de rock l'an passé. Elle chantait dans un groupe amateur qui jouait à Nevers. Ils étaient sortis ensemble quelques semaines, puis, elle l'avait laissé. Il avait été triste un ou deux jours…

– Il faudrait qu'on appelle cette fille.

– Je ne sais pas comment faire pour trouver son numéro… Mathieu notait tout ça sur son portable.

– On trouvera…

Elle a retiré les sachets des tasses et les a déposés dans un cendrier.

– Je vais vous confier une autre tâche… Ça ne rapportera sûrement aucun renseignement, mais il faut essayer. C'est un travail de police élémentaire qui n'a peut-être pas été fait correctement.

– D'accord.

– Tout d'abord, rencontrez la personne qui s'occupe des disparitions inquiétantes au commissariat de Nevers.

– Je les ai appelés.

– Allez là-bas, demandez à rencontrer l'inspecteur chargé de ces dossiers.

– Il me répondra qu'il est majeur et que…

– Mentez sur l'âge ! Une fois qu'il sera sur l'affaire, il n'abandonnera pas…

Elle m'a demandé si elle devait aller dès ce soir au commissariat. Non. Qu'elle attende demain. Je lui ai conseillé de prendre un annuaire et de téléphoner à tous les foyers d'accueil, aux hôpitaux et aux gares du département… Mathieu n'avait pas d'argent, un contrôleur lui avait peut-être mis une contravention dans un train. Cela représentait cent coups de fil ! Mais une enquête démarre comme ça.

– Je n'ai pas de signalement à leur donner, Franck. Je ne sais pas comment il était habillé pour partir au lycée vendredi.

–Vous avez fouillé ses vêtements ? Il doit manquer un pantalon, un pull ou je ne sais quoi !

– Il ne manque rien.

Il s'était peut-être acheté des fringues quelques jours avant de partir. Il nous faudrait nous renseigner auprès des boutiques de la ville. Avait-elle trouvé des traces d'achats dans sa chambre quand elle l'avait fouillée ?

– Il y a des sacs provenant de boutiques, mais ils sont vides.

– Pas de tickets de caisse dans son portefeuille ?

– Non.

– Il y a une poubelle dans sa chambre ?

– Vide… Elle ne contenait que des brouillons de devoirs de maths.

– Il faut des ciseaux ou un cutter pour couper les étiquettes sur les habits neufs. Il y en a dans sa chambre ?

– Non.

– Où sont les ciseaux les plus près de sa chambre et dont il aurait pu se servir ?

– Dans la salle de bains, juste à côté de sa chambre.

Elle est montée à l'étage, je l'ai suivie. Le bruit de ses talons était étouffé par la moquette de l'escalier. Elle a allumé la lumière de la salle de bains puis a ouvert un tiroir.

– Les ciseaux sont là.

Sans attendre, elle a fouillé dans une petite

poubelle à pédale sous le lavabo. Elle en a retiré deux étiquettes, un pantalon et un pull soldés.

– Les tailles correspondent ?

– Oui, c'est à lui.

Ses traits se sont décomposés. Elle s'est mise à pleurer. Craquage de nerfs. Vidange du cœur, les mains agrippées au rebord du lavabo, le visage penché vers l'avant. Ses larmes gouttaient depuis son menton jusqu'à la bouche du siphon.

– J'aurais dû mettre la maison sens dessus dessous pour trouver quelque chose, mais je n'ai rien fait… Je n'arrivais plus à penser… Maintenant, je suis seule… seule !

Elle s'est assise sur un coin de la baignoire.

– Je n'en peux plus de l'attendre. Pourquoi il n'appelle pas ? Juste une minute… Je ne vis plus !

J'étais K.-O. devant sa douleur. Elle n'avait plus de visage mais une face congestionnée baignée de larmes.

– Où est-ce qu'il est ? Où est-ce qu'il est ?...

Elle a répété cette question plusieurs fois. Incapable de répondre à sa question, je suis allé dans la chambre de Mathieu. J'y ai trouvé des posters de foot sur les murs, ainsi que des photos des équipes de mômes qu'il a entraînées, des CD de hardcore et de black métal éparpillés au pied d'une mini-chaîne, un bureau foutoir sur lequel des bouquins de cours se chevauchaient en piles instables, et, sous une télé, une console *X-Box* dans laquelle était insérée *Princess of war*… Sur une étagère, deux classeurs étaient étiquetés « Aviatrice. » Curieux de découvrir les documents que Mathieu avait rassemblés sur la statue, je me suis promis de parcourir son travail plus tard. Examinant les photos sur les murs où une ribambelle de gamins accompagnés de Mathieu posaient, chaussettes relevées jusqu'aux genoux, maillot rangé dans le short, j'ai eu un très mauvais feeling : je me suis revu sur la dernière scène de crime, chez Laura B., détaillant les objets personnels dans l'appartement. J'ai fait demi-tour. La mère de Mathieu n'avait pas bougé mais semblait calmée. J'ai essayé de lui sourire.

– Mathieu est passionné par son travail d'entraîneur, on dirait.

– Il adore.

– J'ai vu deux classeurs dans sa chambre, il s'intéresse toujours à la statue de l'Aviatrice ?

– Il fait sans cesse de nouvelles recherches. Depuis deux ans, quelqu'un vole la tête de la statue. La mairie la remplace mais elle disparaît à nouveau. Mathieu mène sa petite enquête pour savoir qui fait ça. Il connaît tellement bien cette histoire qu'un journaliste est venu l'interroger il y a quelque temps.

–Vous ne pensez pas que ça peut avoir un rapport avec sa…

– Non ! C'est une affaire de village, une querelle de voisinage. Ils sont tous fous dans ce lotissement.

– Il faudra me donner le numéro de téléphone de ce journaliste.

– Je ne l'ai pas, mais vous le trouverez sûrement dans ses classeurs.

Nous avons fait une pause. Elle était fatiguée. Ses épaules tombaient, la peau de son visage présentait des ridules qui dénonçaient l'angoisse, le manque de sommeil. Elle était encore très belle et m'a offert un vague sourire quand nos yeux se sont croisés. Je m'en suis voulu d'être arrivé sans avoir prévu des paroles positives et énergiques.

– Il ne faudrait pas que vous restiez seule ici cette nuit. Vous pourriez aller dormir chez votre compagnon.

– Je ne veux plus le voir… Depuis le départ de Mathieu, il essaie de me rassurer, il me conseille de lui laisser vivre sa vie comme si j'étais une mère possessive qui avait retenu son fils ! Mais c'est lui qui veut me posséder et me garder pour lui !

Elle s'est regardée dans la glace au-dessus du lavabo. Sa main a saisi un coton pour essuyer le maquillage qui avait coulé sur son visage. Je suis redescendu au salon et me suis assis dans le divan aux coussins et au dossier fermes, mes mains posées sur les accoudoirs se sont déchargées de toute leur tension au contact du cuir. Le soir tombait doucement. Il était presque 18 heures. Le salon s'était assombri mais je n'ai allumé aucune lampe. Bordel, le chien ! Je l'avais laissé se balader dans le quartier ! Je suis allé jusqu'à la fenêtre de la cuisine qui donnait sur le devant de la maison : dans la pénombre, j'ai distingué une tache blanche près de ma voiture. Oppi veillait sur ma caisse. Je suis retourné m'asseoir. La mère de Mathieu est redescendue également. Elle était entièrement démaquillée, ses cheveux noirs habituellement tirés vers l'arrière étaient libérés. Son visage encadré de longues mèches brunes semblait plus petit.

Elle a souri timidement comme si elle était gênée de me présenter une nouvelle figure. Elle avait enfilé un jean et un pull clair qui soulignait sa jolie poitrine.

On a entendu cogner à la porte. Les coups étaient discrets et trahissaient l'hésitation de la personne qui voulait entrer. Le regard de la mère de Mathieu a cherché le mien. Elle est allée ouvrir après une hésitation. C'était Simon, le voisin éducateur de foot.

– Vous n'avez besoin de rien ? Toujours pas de nouvelles de Mathieu ?

– Non, rien de nouveau.

– Je m'occupe de son équipe, ne vous inquiétez pas.

– Merci, c'est gentil.

– N'hésitez pas à venir me trouver si je peux faire quelque chose.

– Je sais, merci. Bonsoir.

Elle a refermé sèchement la porte, puis est revenue vers moi.

– Je n'aime pas ce type.

– J'ai discuté avec lui. Il est un peu amoché par une histoire de couple, mais ce n'est pas un mauvais gars.

– Il a une sale réputation au club de foot… Toujours à traîner dans les vestiaires avec les enfants. Mathieu m'en a parlé.

– Il a eu des problèmes avec lui ?

– Non, mais quelques parents ont demandé à ce qu'il ne s'occupe plus d'enfants. Ils restent dans les vestiaires avec lui maintenant.

– O.K., je m'en souviendrai.

Elle a bu son thé qui devait être froid maintenant.

– Qu'est-ce que vous allez faire, Franck ?

– Je vais poser des questions…

La démarche est la même pour toutes les disparitions. Enquête en escargot à partir de l'endroit où on a vu le fugueur pour la dernière fois. Il faut fouiller et questionner à fond autour de ce point de disparition, puis s'en écarter petit à petit comme la spirale de la coquille d'escargot.

– Maintenant que nous avons son signalement, baggy beige et pull à col roulé violet, les recherches vont avancer.

– Vous croyez ?

– Oui. Je commencerai par ce bar où un ami de Mathieu l'a vu pour la dernière fois comme vous me l'avez expliqué dans le mail.

– Vous avez besoin de moi ?

– Non. Téléphonez aux foyers comme je vous l'ai expliqué, ou reposez-vous.

– Je ne peux pas. Dès que je ferme un œil, c'est Mathieu que je vois.

– Je comprends.

Je me suis levé.

– Vous partez ?

– Je vais interroger les clients du bar. Appelez-moi s'il se passe quelque chose.

– Vous aussi.

– Je le ferai.

J'ai quitté la maison. Oppi a couru vers moi. « Salut, connard. » Je me suis remis au volant et j'ai roulé jusqu'à Nevers. À cette heure, la circulation en ville embouteillée à chaque rond-point m'a poussé à forcer le passage en ignorant les coups de klaxon et les appels de phares. Mathieu avait été aperçu pour la dernière fois à 17 heures 50, il était important de commencer l'enquête à la même heure. Il y aurait les habitués présents dans ce coin tous les jours vers 18 heures. Une chance de plus pour trouver un témoin qui aurait vu Mathieu vendredi. Me rendre compte par moi-même de la luminosité des rues à 18 heures me permettrait également d'interpréter les descriptions des gens que j'interrogerai : selon la lumière, un pull violet peut paraître noir…

Je me suis garé à cinq cents mètres de la gare, j'ai laissé Oppi dans la voiture, et je suis parti en direction du bistrot muni de photos de Mathieu et de ma carte de police. Mon holster garni du flingue était accroché à mon épaule, c'était illégal, mais je ne pouvais pas laisser cette arme planquée dans une voiture qu'un ado force en trente secondes. J'ai dénombré dans la rue principale trois cafés, une enseigne de restauration rapide et cinq commerces. Un arrêt de bus et une station de taxis également. Cela représentait beaucoup de témoins potentiels à questionner.

Au fronton de la gare, la grande horloge marquait 18 heures 30. Plusieurs trains étaient à quai. Sur le côté d'un immeuble voisin, un grand panneau publicitaire mécanique à deux positions changeait de face toutes les vingt secondes dans un bruit de volets grinçants. La première vantait un club de gym et de remise en forme, la seconde :

Blue box, pour animer vos nuits de folie. La boîte du facho.

Je suis entré au *Café de la Paix*, à l'angle de l'avenue de la Gare, un bistrot vieux d'un siècle. Georges Simenon, le romancier, le décrit dans un de ses polars, *Les Suicidés*, qui se déroule à Nevers. Ce bouquin était dans la bibliothèque de ma mère. C'est le seul livre que j'ai lu pendant mon séjour à Nevers. Je suis allé me présenter au patron du bar. Il a fait un signe de la main qui signifiait : « O.K., fais ce que tu veux. » comme s'il était habitué aux interventions de la police. J'avais une série de questions en tête. Je me suis approché de quatre jeunes installés à une table. Deux d'entre eux ont planqué leur joint en me voyant arriver.

– Faites-moi une place.

Je me suis assis à côté d'eux sur la banquette, j'ai sorti les photos de Mathieu et j'ai commencé à les interroger. Aucun résultat. Je suis allé questionner des types accoudés au zinc, des turfistes qui mataient les résultats des courses sur un écran au-dessus du bar. Ils se foutaient du sort du môme, ils ont à peine posé les yeux sur la photo que j'ai approchée à quelques centimètres de leur pif. J'allais partir quand une ribambelle d'ados, entre seize et dix-huit ans, a débarqué dans le café avec des casques de scooter à la main, leurs jeans sans formes, trop larges, trop longs traînaient au sol. Bon sang, quelle allure ! J'ai eu envie de dégainer mon flingue : « Je vous laisse deux minutes pour vous habiller correctement ! » Ils sont allés dans la salle de jeux équipée d'un billard et d'une cible de fléchettes. Je les ai laissés finir une première partie de billard, puis j'ai tiré le rideau qui bouclait l'entrée de la salle et posé ma carte sur le tapis. Ils l'ont regardée en éclatant de rire. Ça n'arrive jamais à Bruce Willis.

6

J'ai quitté le quartier de la gare à 22 heures. J'avais interrogé une centaine de personnes, patrons et clients de bars, passants, commerçants, chauffeurs de taxi devant la gare, chauffeurs de bus, employés de gare… Certains m'ont dit que la police les avait déjà questionnés, mais ils m'ont tous répondu poliment, aucun n'avait vu Mathieu. Je me suis fait servir un expresso dans chaque café visité.

Quand je suis revenu à ma voiture, j'avais l'impression d'avoir des câbles d'acier à la place des nerfs. Je suis resté quelques minutes les mains sur le volant, sans mettre le contact. J'ai ressassé méthodiquement les questions et les réponses échangées, il n'y avait aucune piste à exploiter. Seule une fille rencontrée au *Café de la Paix*, parmi la bande de branleurs mal fringués, m'avait donné une information nouvelle, mais éloignée de l'enquête. Ce renseignement récolté après dix minutes d'effort m'avait permis de rester optimiste malgré les réponses négatives qui se succédaient.

J'ai démarré et pris la direction du lotissement de Patte-de-Poulet. Devant le stade de foot, les projecteurs étaient allumés, l'équipe du club devait jouer un match amical. C'était l'occasion de rencontrer des amis footeux de Mathieu, mais j'avais besoin de repos. Il était trop tard pour passer chez ma mère qui habite à une vingtaine de minutes de là. Je suis retourné directement chez la mère de Mathieu. J'ai frappé à sa porte, elle est venue ouvrir après quelques secondes. Elle a écarquillé les yeux en voyant le clébard dans mes bras.

– C'est mon chien. Je peux le faire entrer, je le laisserai dans la cuisine ?

– Bien sûr.

– Il n'a pas mangé.

Elle a préparé une gamelle d'eau fraîche qu'elle a posée sous la table, puis elle a fait décongeler un steak au micro-onde. Je lui ai demandé si elle avait passé des coups de fil.

– J'ai tout noté sur un carnet. Un foyer d'hébergement pour adultes a accueilli un jeune qui pourrait ressembler à Mathieu, même si les habits ne correspondent pas vraiment.

– C'est bien… Je passerai les voir.

– Un employé de la gare de Château-Chinon m'a dit que le signalement correspondait à un jeune homme qui a raté son train en direction de Nevers, vendredi, vers 23 heures…

– Intéressant. C'est tout ?

– Oui. Et vous ?

– Rien… Quatre heures d'échec !

Son visage s'est effondré. Elle s'est assise sur une chaise de la cuisine, son regard a parcouru la pièce puis s'est arrêté sur moi. Je lui ai avoué que je manquais d'expérience d'enquêtes sur le terrain… Peut-être que je n'avais pas su poser les bonnes questions… Je recommencerai. Elle a soupiré et s'est frotté le visage avec les mains.

– Je suis fatiguée.

– Moi aussi…

– Vous n'avez pas mangé ?

– Non.

– Je m'en occupe. Pâtes et salade, c'est tout ce que j'ai.

J'ai dîné. Son téléphone portable a sonné plusieurs fois, mais elle n'a pas répondu. Quelques minutes plus tard, j'ai entendu un moteur ronfler puis un freinage brutal. Un connard venait de se garer devant la maison. Il a débarqué sans tarder dans le pavillon, en ouvrant violemment la porte.

– Hé, qu'est-ce que tu fous ? Ça fait deux heures que j'essaie de te joindre. Ton portable ne répond pas, ton fixe est occupé !

– Tu ne rentres pas comme ça chez moi, d'accord ? C'est pas une écurie ici, tu n'es pas dans ta discothèque !

Je les ai entendus depuis la cuisine. Je me suis servi une autre cuillerée de nouilles avant qu'elles ne refroidissent. Ils ont continué de s'engueuler puis le mec a eu une surprise.

– C'est quoi, ce chien ?

Oppi !... Il avait quitté la cuisine. Le mec est arrivé et m'a vu attablé. Il faisait 1,80 m ou plus, avait des muscles plein le tee-shirt. Il s'était fait une courte tresse sur la nuque, mais n'avait presque plus de cheveux sur le sommet de la tête.

– Qu'est-ce qu'il fout là, ce type ?

– C'est un ami de Mathieu, Franck Bostik. Je t'en ai déjà parlé.

– Tu me prends pour un con ?

– Encore un mot comme ça et je te mets à la porte.

– Dis-moi qui est ce type !

Il restait cinq nouilles dans l'assiette. Je suis allé les chercher avec ma fourchette. Ce con, avec son crâne aussi chevelu qu'une couille, n'allait pas gâcher mon repas. Quand j'ai fini, je lui ai déclaré que j'étais policier et que j'enquêtais sur la disparition de Mathieu. Il s'est tourné vers la mère de Mathieu.

– C'est vrai ?

Elle a acquiescé.

– T'es policier ? C'est à toi la bagnole de merde qui est garée devant chez nous ?

Qu'est-ce qu'ils ont tous après ma caisse ?

– Calmez-vous. Asseyez-vous, on va discuter tranquillement, sinon on fera du mauvais travail.

– J'en ai rien à foutre de ton travail. T'es pas plus de la police que ton chien. Je connais tous les flics du coin.

La mère de Mathieu était restée à la porte de la cuisine. Je lui ai lancé un regard pour la calmer. J'ai sorti ma carte de flic, puis j'ai ôté mon pull, dégrafé le holster accroché à mon épaule et j'ai posé l'arme dans son étui près de moi sur la table. Le mec s'est tu quelques secondes.

– Ça doit pas être facile de dégainer le flingue sous le pull !

– C'est mon arme de service. Je suis obligé de la porter, mais je ne m'en sers pas. Je ne fais pas de flags… Vous êtes calmé ?... On peut discuter ?

Il n'avait rien à me dire. Nous le saoulions avec cette histoire. Le gamin avait dix-huit ans, il s'était cassé pour découvrir le monde, baiser une dizaine de filles et se prendre des cuites. Il reviendrait dans un mois quand il n'aurait plus de fric. J'étais d'accord avec lui… Il y avait toutes les chances pour que Mathieu soit parti en virée, mais tant qu'on n'en avait pas la preuve, on devait chercher…

– Cherchez ! Vous avez le temps. Moi, j'ai une boîte à faire tourner. J'y vais.

– Je passerai vous voir. J'ai des questions…

– T'approche pas de ma boîte. Tu seras refoulé par mes gars.

Il est parti. La voiture s'est arrachée du trottoir dans un crissement de pneus. La mère de Mathieu est venue s'asseoir face à moi.

– Je suis désolée, a-t-elle dit.

– Ce n'est pas grave.

Elle a posé ses coudes sur la table, et mit ses poings sous son menton. Son visage las avait besoin de ces béquilles. J'ai mangé l'orange qu'elle avait posée devant moi. Elle m'a demandé depuis combien de temps je n'avais pas vu Mathieu, si je me souvenais de ses problèmes de langage, m'a posé des questions sur ma situation sentimentale, sur la santé de ma mère, sur la vie à Paris. J'avais joué le rôle d'inquisiteur toute la journée et je devenais celui qui était interrogé. J'ai choisi les sujets auxquels répondre : Cécile, non. Ma mère, non. Paris, non… bref, je n'ai répondu à rien, mais j'avais le plaisir d'être l'objet du regard de cette femme. Elle m'a proposé de rester là cette nuit. Il y avait une chambre d'amis à l'étage. J'ai accepté.

Nous avons débarrassé la table et sommes partis nous coucher. Elle est allée prendre une douche. Je suis retourné dans la chambre de Mathieu. J'ai allumé sa télé et la console X-Box et je me suis lancé sur une partie de *Princess of war*, assis par terre. Rohna était face à moi, la tête haute et les mains réunies autour de la poignée de son sabre. J'ai piloté le joystick de manière à exécuter un coup de pied circulaire, mais Rohna-Cécile a paré mon attaque puis exécuté quelques virevoltes autour de moi. Ça m'a laissé le temps de mater encore une fois son corps retouché grâce aux logiciels. Des millions d'adolescents qui jouent à *Princess of War* fantasment sur elle en rêvant de la soumettre à leur maladresse de puceau, mais je préfère l'exemplaire original, mon trésor, avec son petit cul souriant, ses seins discrets et son ventre plat. J'ai reposé le joystick. Que faisait-elle à cette heure ? Avec qui ?...

Au début de notre vie de couple, elle était insomniaque et passait ses nuits à pleurer, enfermée dans la chambre, elle se lamentait sur elle, sur les producteurs et les chefs de castings qui l'ignoraient, elle se rendait dans la salle de bains à l'aube, toilettage et maquillage afin d'être prête pour l'audition du matin. Elle ressortait du miroir métamorphosée, bellissime et souriante, et je fermais ma gueule, car il suffisait que je lui dise « Tu es belle » pour qu'elle se refoute à chialer.

Mathilde Lechartier est sortie de la salle de bains, une longue serviette nouée au-dessus de sa poitrine descendait jusqu'à ses genoux. Elle est entrée dans la chambre et s'est approchée. « Vous pouvez aller prendre une douche, j'ai fini. » J'étais toujours accroupi sur la moquette. Elle est demeurée à mes côtés. J'ai tourné le visage vers ses jambes. La télé était éteinte, il n'y avait pas un bruit dans la maison. Une chaleur m'est montée aux joues. J'ai rêvé que je posais la main sur sa cheville. Elle a fait un pas en avant. A quitté la pièce. Ses pieds mouillés avaient laissé deux empreintes dessinées sur la moquette à l'endroit où elle s'était immobilisée. Elle a dit quelque chose avant de rentrer dans sa chambre. Je n'ai pas compris ses paroles.

Je me suis levé et j'ai allumé la lumière dans la chambre, puis je me suis assis sur le bord du lit de Mathieu. Mon esprit encore tendu par les derniers effets de la caféine restait lucide. Pour la première fois, j'ai pris le temps de faire le tri parmi les hypothèses qui expliqueraient l'absence de Mathieu. Un môme de dix-huit ans qui disparaît une veille de week-end, tous les flics de France concluraient à une virée, entre potes, entre amants…

Et moi, couillon sensibilisé par mes déboires sentimentaux et par madame Lechartier, j'échafaudais des solutions de cinéma, un exil chez l'oncle d'Australie, une fugue amoureuse avec l'ex-petite amie chanteuse, un plan de torture gothique qui aurait mal tourné, une affaire criminelle avec le voleur de la statue… Bref, il était temps d'aller se reposer. Demain, j'irai passer la journée chez ma mère, puis je rentrerai à Paris dans la soirée. Inutile de rester à cogiter sur une scène sans crime.

Je suis allé dans la chambre d'amis. Il me fallait passer devant la chambre de mon hôte. Sa porte n'était pas fermée. Elle se tenait debout devant une armoire, habillée d'une combinaison noire qui laissait ses épaules nues jusqu'aux omoplates. Elle a tourné le visage vers la porte. Son regard vide est passé sur moi comme si je n'existais pas. Ça m'a glacé. J'ai rejoint ma chambre décorée à l'orientale avec une lanterne boule en papier crépon, deux tapis de joncs, des bouddhas de porcelaines et des bibelots porte-encens posés un peu partout. Je me suis dessapé. Mes fringues refoulaient une odeur de fauve. Je suis allé prendre une douche avant de me coucher. Mathilde m'avait préparé une serviette propre et une savonnette neuve encore dans son emballage de papier. J'ai ouvert la porte de la cabine, me suis douché à l'eau froide, en me savonnant rapidement. Je suis sorti de la salle de bains à minuit et demi et j'ai téléphoné à Cécile. Pas de réponse. Je me suis mis au lit.

Dès les premiers instants, j'ai deviné que je ne resterais pas là à attendre que le sommeil m'engourdisse, la chambre était accueillante, les draps sentaient le « propre », mais ça se bousculait dans ma tronche, mes synapses frétillaient comme les frites dans l'huile bouillante. Je me suis levé, rhabillé et j'ai quitté la maison sans le chien qui dormait dans la cuisine.

Il n'y avait personne dans les rues, j'ai roulé jusqu'à Nevers. En chemin, comme toujours, j'ai jeté un œil à la statue de l'Aviatrice décapitée. Après avoir traversé la ville, je me suis garé à une centaine de mètres de l'entrée de la boîte de nuit du beau-père de Mathieu, un grand hangar peint en bleu où l'enseigne *Blue Box* était éclairée par trois spots. Une observation rapide de la clientèle m'a fait comprendre qu'elle était composée de jeunes bourges, de commerçants et de membres des teams automobiles installés sur le circuit de Nevers-Magny-Cours. Il devait y avoir une compétition ce week-end-là. Il y avait un type grand format à l'entrée, qui me donnait l'impression d'avoir planqué deux dictionnaires sous les épaulettes de sa veste. Un autre mec, le physionomiste de la boîte, était à côté de lui. Je possédais une vieille chemisette jaune, du team Renault, dans mon coffre, gagnée dans un supermarché du coin à l'époque du Grand Prix de formule 1, il y a quelques années. Je m'en servais pour essuyer mon pare-brise. Je l'ai défroissée et enfilée. J'ai attendu qu'un groupe d'un team auto arrive et je me suis joint à eux.

C'était une équipe allemande, cheveux blonds et face cramoisie, une dizaine de noms de sponsors étaient brodés sur les manches et le dos de leur chemisette grise. Les gars étaient saouls, ils m'ont accueilli en riant. Les videurs nous ont laissés entrer. J'ai essayé de m'écarter du groupe une fois les portes franchies mais les Allemands m'ont retenu par l'épaule. Ils ont commandé des bouteilles de whisky et j'ai bu plusieurs verres avec eux à leur table. Il y avait peu de danseurs sur la piste, seules trois ou quatre jeunes femmes se bougeaient sur des tubes disco recomposés par un DJ techno. Les Allemands m'ont servi un nouveau verre. La tête commençait à me tourner, je suis allé aux toilettes pour me passer de l'eau froide sur le visage. Quand je me suis relevé au-dessus de l'évier, j'ai aperçu deux videurs dans le reflet du miroir. Ils encadraient le patron.

– Je t'avais dit de ne pas mettre les pieds ici.

Je me suis repris malgré mon début d'ivresse.

– Arrête de faire le caïd. J'ai bossé un an dans une cité où je me frottais à des types qui avaient la moitié de ton âge et deux fois plus d'argent que toi.

Les deux videurs ont fait un pas vers moi, mais j'ai continué de fixer le patron dans les yeux.

– Te prends pas pour le roi du monde de la nuit, t'es que le patron d'une boîte de province, juste un épicier dans un business de supermarché !

– Qu'est-ce que tu veux ?

– Te poser quelques questions sur Mathieu… Je ne vais pas faire venir la BAC dans ta boîte, je m'en fous qu'un de tes barmen deale un peu de coke ou que tes clients s'enfilent des lignes dans les chiottes !

– O.K., viens avec moi.

Il m'a conduit dans un bureau, les videurs sont retournés à leur

poste. La pièce était sombre, sans fenêtres. Deux appliques murales diffusaient une lumière douce. Le patron s'est assis derrière un bureau noir de forme ovale. Je me suis installé dans un fauteuil en cuir, ou simili, noir. Sur le mur, quatre petits écrans de télé étaient branchés sur des caméras de sécurité qui enregistraient les allées et venues à l'entrée et dans le hall. Le patron a gardé les yeux fixés sur les images.

– Je t'ai vu arriver tout à l'heure… Elle est vraiment trop moche ta chemise ! (Puis, il s'est tourné vers moi.) Tu veux boire quelque chose ?... Alcool ? Jus de fruit ?... Champagne ?

– Non, merci.

– Excuse-moi de m'être emporté… Je me suis énervé parce que j'ai vraiment rien à dire… Tu as besoin de renseignements, mais je ne le connais pas ce môme… Il parle à tout le monde sauf à moi. Je lui ai proposé de venir bosser ici les week-ends, je lui ai acheté un scooter, j'ai payé des maillots à son équipe de foot, mais il ne m'accepte pas ! Ça fait un an que je sors avec sa mère et il m'interdit de passer la nuit chez eux… Je ne peux rien te dire sur ce gamin parce que je ne sais rien de lui. Je ne sais pas ce qui lui est passé par la tête. Faut me croire.

Je lui ai posé des questions, mais ses réponses ne m'ont pas fait avancer. Mathieu lui était vraiment étranger, et pourtant, les efforts qu'il avait faits pour se rapprocher de lui m'ont semblé sincères.

– Si tu as besoin d'argent pour continuer ton enquête, je te fais un chèque ! J'ai deux mômes avec mon ex-femme, alors je peux deviner ce que ressent Mathilde, mais faut me comprendre, j'ai une boîte à faire marcher, je ne peux pas m'occuper de cette fugue moi-même.

Il s'est tourné vers les écrans, et a observé attentivement l'un d'eux. Il a zoomé sur l'image avec une télécommande puis a contacté son videur avec un talkie-walkie.

– Virez-les !

Sur l'écran, je voyais deux jeunes femmes

blondes à l'entrée. Il m'a expliqué : ce sont des putes croates qui viennent d'arriver dans la région. Elles ont déjà plumé une dizaine de clients. Nous nous sommes salués.

– Appelle-moi si tu as besoin de quelque chose, a-t-il insisté.

J'ai quitté la pièce. La piste de danse s'était remplie, les ingénieurs et les techniciens du team allemand étaient toujours à la même place. Deux *escort girls* s'étaient jointes à leur groupe et se faisaient tripoter par les types éméchés. Trois ou quatre bouteilles vides roulaient au pied des banquettes, d'autres à demi pleines étaient sur la table. J'ai regagné ma voiture en laissant derrière moi les rythmes techno abrutissants qui faisaient trembler les glaçons dans les verres des clients. Les prostituées expulsées de la boîte discutaient sur le parking. Elles m'ont fait les yeux doux puis se sont détournées quand elles ont vu que je m'installais au volant d'une Super Cinq.

7

J'ai cauchemardé toute la nuit sous la lanterne chinoise, en revoyant mes scènes de crime les plus traumatisantes. Le visage des cadavres possédait les traits de Mathieu, j'entendais sa voix d'enfant, celle de ses premiers progrès, quand il me racontait ses histoires de pipelette. Cette voix me demandait pourquoi je l'avais laissé tomber, pourquoi j'avais ignoré ses mails, ses coups de fils, pourquoi je ne l'avais pas invité à Paris voir un match au Parc, comme je le lui avais promis ? Je n'avais aucune réponse à ses questions. J'ai délaissé ce môme. Sans raison. Le gamin fidèle à notre amitié avait essayé dix fois, quinze fois de me contacter. La sonnerie de mon portable m'a sorti du sommeil un peu avant midi. « Oui ? » C'était madame Lechartier.

Je lui avais demandé de me réveiller au moment où elle partirait travailler mais elle m'avait laissé dormir. Elle était en larmes, il s'était passé quelque chose, disait-elle. Elle ne croyait plus à la fugue. Je lui ai demandé de se calmer et de tout m'expliquer. Elle a reniflé, a maîtrisé ses sanglots et m'a raconté que l'inspecteur chargé des disparitions inquiétantes au commissariat de Nevers était venu la rencontrer à son travail ce matin. Les gendarmes avaient fait transférer la fiche de recherche de

Mathieu vers son service. Il menait une enquête discrète depuis deux jours. Au cours d'une rafle de clodos, un agent lui avait rapporté qu'un des S.D.F. portait la montre australienne de Mathieu. La fiche de recherche précise que c'est un modèle rare qui n'est pas vendu en France.

La mère de Mathieu avait un discours saccadé, entrecoupé de sanglots, elle s'est tue pendant quelques secondes, puis elle a repris. L'inspecteur lui avait expliqué que le clodo avait reçu cette montre d'un autre type, en échange de je ne sais quel service. D'après lui, cette information était crédible, le clodo est un brave gars, un esprit faible et mélancolique qui se complaît dans sa pouillerie, mais pas un mythomane. Ils ont établi une fiche de recherche pour retrouver l'autre type, appelé le Sanglier, une brute paumée et sans tanière qui se balade dans la région depuis plusieurs mois, avec une hache dans son sac, selon les policiers. L'inspecteur avait donné ces précisions sordides à madame Lechartier. Un zéro, ce mec, en relations humaines.

J'ai essayé de la rassurer. Mathieu avait peut-être perdu cette montre, et la description inquiétante du Sanglier n'était que le fantasme des flics qui trouvaient là une raison pour ne pas se frotter à lui. J'avais fait la signalisation de centaines de types tels que lui. Par expérience, je sais que leur caractère bourru et agressif n'est que l'écorce rude de la solitude, un peu d'humanité, de dialogue suffit à la faire tomber.

– Vous avez vu la montre ?

– Non, il me l'a décrite. C'est bien celle de

Mathieu. Elle fonctionne encore, mais le bracelet est cassé.

– Vous êtes sûr que c'est la montre de Mathieu ?

– Oui ! (Elle s'énervait.) Que va faire l'inspecteur ?

– Il m'a dit que chaque patrouille de police possédait la fiche du Sanglier. Ils l'interrogeront… s'ils le trouvent.

Elle n'avait pas confiance en cet homme. Je la comprenais. Il arrive une dizaine de circulaires comme celle-là dans les commissariats tous les jours. La plupart du temps, les agents les jettent à la poubelle et se contentent de bosser sur les enquêtes en cours.

– Vous avez cette fiche ?

– Il n'a pas voulu me la donner.

Je lui ai demandé ce que pensait le flic des renseignements qu'elle avait trouvés avec ses appels dans les foyers et dans les gares, hier soir ?

– Il m'a dit qu'il se chargeait de ça… sans me donner plus de précisions.

– O.K… O.K… Je vais voir de mon côté, je vous appelle dès que j'apprends quelque chose.

Ses sanglots ont repris.

– On va bien travailler maintenant qu'on a une piste. Ce sera un gain de temps. J'ai déjà une idée pour…

J'ai eu l'impression qu'elle n'écoutait plus ce que je disais. J'ai raccroché, me suis douché, puis j'ai passé un coup de fil à un pote de chez nous. Les circulaires en diffusion nationale ne sont pas accessibles depuis un ordinateur privé ; il faut se connecter sur un ordi relié au réseau de la police.

– Trouve-moi cette fiche ! Très rapidement. Elle a dû sortir il y a deux jours. Depuis la Nièvre. Envoie la feuille sur ma messagerie. J'en ai besoin dans moins d'une heure.

Le collègue du commissariat a dit qu'il ferait de son mieux. En attendant la réponse, j'ai sorti Oppi dans le jardin, et suis allé dans la maison d'en face pour discuter avec l'ado boutonneux. L'information que m'avait donnée la fille au *Café de la Paix*, la veille, était liée à la bande de goths. D'après elle, Mathieu sortait avec la petite brune et participait à leurs soirées. Elle avait été incapable de me dire où se déroulaient ces fiestas sanguinolentes, ni comment contacter les participants mais je comptais sur l'ado pour me donner une piste.

Il était chez lui, dans le garage à bosser sur un scooter dont le carénage était au sol, démonté. Une minichaîne sur l'établi diffusait une putain de musique rap, j'avais l'impression d'être de retour dans le 93. J'ai baissé le volume de la musique. Il a souri.

– T'aimes pas ?

– Non… Je remonterai le son en partant… J'ai deux ou trois questions à te poser.

– Y a du fric au bout ?

– Non… Pas cette fois…

– O.K… Les gars ont parlé de toi au club hier soir… C'est vrai que tu as failli être pro ?

– C'était le rêve de mon père, pas le mien.

– T'étais vraiment bon ?

– Non. Je m'entraînais beaucoup. À neuf ans, mon père m'emmenait chaque matin faire des tours de terrain balle au pied, puis il me déposait à l'école.

Ça l'a scotché de m'imaginer conduisant le ballon autour du terrain à l'aube. Je ne lui ai pas parlé des séances de frappe pied nu. Avec des ballons durs comme de la pierre. Je quittais le stade avec la malléole enflée, incapable d'attacher mes chaussures pour repartir à l'école. Mais ça me donnait une force de titan, j'aurais pu botter le cul d'un rhinocéros et l'envoyer se planter dans un arbre, corne en avant.

– Je me souviens de toi quand tu entraînais Mathieu et son équipe. J'étais poussin. Je vous regardais. Tu faisais des trucs de ouf avec le ballon.

J'avais encore en tête ces démonstrations. Des jongleries. On apprenait ces exercices pendant les stages de sélection. Il y avait un ballon dans le garage. Je suis allé le chercher. Il était légèrement dégonflé. Tant mieux, ce serait plus facile. Je me suis mis sur la pelouse, et j'ai fait l'*horloge* – faire circuler le ballon en jonglant : pied droit, puis cuisse droite, puis épaule droite, puis tête, puis épaule gauche, cuisse gauche, pied gauche. Devant l'ado, j'ai fait deux fois l'*horloge* sans faire tomber la balle, ni rater un contrôle. Le gamin m'a regardé, il était en extase. J'ai renvoyé la balle dans le garage, il était temps que j'arrête, mon genou droit commençait à fléchir sur chaque appui. Encore un jonglage et je me vautrais comme une merde.

– J'ai besoin de trouver la fille gothique, de discuter avec elle.

– Même si tu la trouves, elle ne parlera pas, elle est *chargée* toute la journée. C'est une camée, une alcoolique.

– La mère de Mathieu n'a toujours aucune nouvelle de lui. Il faut que je l'aide.

– Tu comprends rien ! C'est un déchet, cette fille ! Ils vont se défoncer dans les cimetières, ils arrachent des croix…

– J'ai besoin que tu me donnes un coup de main, je n'ai plus de relations ici.

– O.K… Je connais un squat qu'elle fréquente. Si tu veux, je t'y emmène.

– Dans une demi-heure ! Je dois attendre un document sur l'ordinateur. Je viens te chercher dès que je suis prêt.

Le gamin s'est réinstallé devant le moteur du scooter, j'ai remonté le son de la chaîne et je suis retourné à la maison. Oppi était toujours dans le jardin. Il m'a suivi à l'intérieur. J'ai allumé l'ordinateur des Lechartier, un vieux modèle dont le ventilo sifflait. Il était dans une petite pièce à l'étage, décorée design : murs blancs, spots en inox, bureau composé d'une plaque de verre posée sur deux tréteaux. J'ai mis du temps à trouver la souris planquée sous le bordel de feuilles éparpillées sur la table. Je me suis connecté à ma messagerie après avoir tapé les codes d'identification. J'avais reçu une dizaine de mails, la plupart étaient des spams qui avaient réussi à passer à travers mon antivirus. Des publicités pour des sites de cul.

Il n'y avait pas de message de Cécile.

Fait chier.

Le mail du collègue était arrivé. J'ai imprimé la pièce jointe. Ça a pris un peu de temps à cause d'un bourrage de papier dans l'imprimante. J'ai tout arraché sans me soucier de préserver les mécanismes. Le chariot des cartouches s'est baladé une minute de droite à gauche comme une guêpe folle, et l'impression a démarré :

Circulaire de recherche numéro…
Objet : témoin recherché sur une affaire de disparition d'un mineur
Signalement : 1 m 90, corpulence forte, cheveux bruns et longs, yeux marron.
Tenue vestimentaire : ignorée.

Il y avait une photo du gars, grossièrement pixellisée, il suffisait de regarder le portrait deux secondes pour comprendre l'origine du surnom de *Sanglier*. Une tête enfoncée entre des épaules larges, des yeux noirs étonnamment vifs, un nez épaté idéal pour renifler les truffes ! La circulaire donnait des précisions sur la conduite à tenir en cas de découverte de cette personne : il fallait prendre des précautions, l'individu est un ancien alcoolique au comportement difficile.

J'ai décidé de faire confiance aux flics du coin ; ils connaissaient leur population de marginaux et sauraient mettre la main sur le bonhomme. J'ai quitté la pièce après avoir éteint l'ordi. Je suis allé à la cuisine me faire un casse-croûte express avec un morceau de pain rassis et une tranche de jambon trouvée dans le frigo. J'ai mangé en examinant le cahier sur lequel la mère de Mathieu avait inscrit les résultats de ses coups de téléphone. J'ai appelé le foyer d'accueil qui avait hébergé un jeune homme dont le signalement correspondait à celui de Mathieu ; je suis tombé sur la directrice de l'établissement, une casse-couilles qui ne voulait pas confier ces renseignements au téléphone. Elle m'a demandé de passer.

– O.K. Alors, c'est moi qui vous convoque au commissariat… » Ce foyer se situe à une heure de route de Nevers. Elle a bredouillé une excuse et m'a donné illico la description précise du mec. La taille, la corpulence et la couleur des cheveux correspondaient à celles de Mathieu, mais la femme m'a donné l'identité du jeune.

C'était un habitué qu'elle connaissait.

– Pourquoi ne l'avez-vous pas dit à sa mère ?

– Ce n'est pas moi qui lui ai parlé au téléphone.

Je l'ai remerciée puis j'ai appelé cinq fois la gare de Château-Chinon, une ville au cœur du Morvan. Personne n'a répondu. Le responsable devait être sur un quai ou en train de vendre des billets. J'essaierai de le joindre plus tard.

Je suis allé dans la chambre de Mathieu fouiller ses cahiers, ses livres, ses sacs à la recherche d'une lettre, d'un imprimé avec des horaires de train ou d'un prospectus de festival distribué dans les concerts et qui aurait pu motiver un départ, mais je n'ai rien trouvé. Je suis retourné sur l'ordinateur afin d'ouvrir l'historique conservant les traces des connexions. Mathieu s'était peut-être rendu sur des sites susceptibles de nous mettre sur sa piste. L'historique de la semaine passée avait été effacé. C'était une programmation automatique de l'ordinateur, et pas une malveillance. J'ai rouvert le cahier et rappelé la gare. Un homme a décroché. Il avait l'accent morvandiau, les « r » roulaient dans sa bouche. Il n'a pas été affirmatif sur les fringues, mais il s'est souvenu d'un détail : une montre bizarre, a-t-il dit, avec un bracelet bleu et un gros cadran argenté.

– Vous êtes sûr ?

– Oui… La pendule dans le hall de la gare est en panne depuis une semaine. Les voyageurs vérifient l'heure sur leur montre ou leur portable. Sa montre m'a attiré l'œil.

Je lui ai demandé de donner plus de précisions sur la montre. J'avais agrandi une photo de Mathieu où l'on voyait sur son poignet. Ce que le chef de gare a dit correspondait à ce que j'avais sous les yeux.

– Le gamin vous a acheté un billet ?

– Ce n'est pas un gamin ! Il a 18 ou 20 ans !

– Je sais… Il vous a acheté un billet ?

– Non. Les guichets sont fermés à cette heure… Et il avait déjà son billet.

– Quel train ?

– Celui qui partait en direction de Nevers, départ Château 22 h 50. Il l'a raté. Il est arrivé à 23 heures.

J'ai voulu être sûr que c'était Mathieu. Le chef de gare m'a donné l'adresse Internet de la gare et je lui ai envoyé depuis l'ordi des photos du gamin. Il m'a rappelé cinq minutes plus tard.

– C'est bien lui qui est venu en gare vendredi à 23 heures.

– Je peux vous envoyer d'autres photos. Il faut qu'on soit sûr de l'identification.

– C'est lui.

J'ai fait le pit-bull, je n'ai pas lâché les mollets

du cheminot et l'ai questionné sans relâche. Il avait peu de choses à dire. Mathieu semblait en bonne forme, il était arrivé seul, reparti seul.

– À pied ?... Une voiture l'attendait dehors ?

Il ne savait pas. Le mec s'impatientait, un T.E.R. allait arriver dans cinq minutes. Je l'ai remercié et j'ai raccroché. Qu'est-ce que Mathieu foutait à Château, bled isolé dans un massif de petites montagnes, que j'imaginais peuplé uniquement de villageois rustiques et de bûcherons au front cabossé à force de se prendre des branches d'arbres sur la gueule ? La première ville était à 50 kilomètres au moins. Je n'ai pas prévenu sa mère tout de suite. J'ai décidé de ne pas changer mes plans : laisser les patrouilles coincer le Sanglier, pendant que je chercherais la goth. Mathieu avait dû lui faire des confidences.

8

Dans un éclair, j'ai vu le temps parcouru depuis mes débuts dans la police, huit ans auparavant. J'avais quitté cette région pour rejoindre Cécile à Paris. Avant d'arriver dans mon commissariat d'arrondissement, j'avais bossé plusieurs mois à police secours dans le 93, c'était la grande loterie de la misère humaine : on nous appelait à 2 ou 3 heures du matin, « Y a du bruit chez mes voisins ! », et on débarquait sur les lieux sans savoir ce qui nous attendait derrière la porte : une femme en pleurs ou un junky avec une machette.

À l'époque, Cécile vivait dans le monde du Père Noël, effets spéciaux, sang synthétique, émotions fabriquées, elle alternait les productions en *motion capture* et la figuration dans des séries. Quand elle ne tournait pas, elle réfléchissait aux scénarios romantiques qu'elle aimerait écrire. Moi, je traversais les scènes de crime à cloche-pied pour éviter les flaques de sang, un jeu de marelle qui ne m'a pas conduit au ciel.

La mère de Mathieu avait laissé des clés sur la table, j'ai fermé la porte en quittant la maison. L'ado était toujours dans le garage. Il jonglait avec le ballon. Ses yeux ne le quittaient pas. J'étais incapable de deviner s'il était droitier ou gaucher, il possédait les « deux pieds ».

– Pas mal, ai-je dit.

Il a laissé tomber la balle et a souri.

– Mon père était un bon joueur aussi. Il était au club… »

Il m'a donné son nom.

– Tu l'as pas connu ?

– Si, je m'en souviens.

Un type avec des cuisseaux de buffle, adoré par le public du stade, par le président et les dirigeants, parce qu'il marquait beaucoup de buts, mais c'était un gros con.

– On y va ?

– Je suis prêt.

– C'est quoi, ton prénom ?

– Alex.

Il était 13 heures. Je lui ai demandé s'il n'allait pas rater l'école à cause de moi.

– J'en ai marre de faire l'apprenti chez des garagistes de merde. Je me suis mis à mon compte… Plein le cul du bahut et des stages ! a-t-il dit en ouvrant la porte d'une remise. Il y avait quatre ou cinq scooters à l'intérieur. Volés sûrement. En allant jusqu'à la remise, j'ai remarqué qu'il avait refermé une porte en donnant un tour de clé, puis qu'il avait glissé celle-ci dans sa poche. Je suis allé devant cette porte.

– Et là ?... Qu'est-ce qu'il y a ?

– C'est juste un placard pour ranger des bricoles.

– Ouvre-le.

Il a froncé les sourcils, avait hésité une seconde, puis il a sorti sa clé et ouvert la porte. J'ai regardé : c'était un ancien placard dont il avait enlevé les étagères pour installer une grille à mi-hauteur. Des pots contenant des plants de cannabis y étaient posés, un ventilo brassait l'air qui circulait grâce à deux trous percés en bas et en haut de la porte. Au plafond, une lampe d'au moins 400 watts éclairait les plants. C'était de la qualité. *Bubble gum, Purple,* les variétés qui donnent la meilleure beue. Je les reconnaissais à la forme de leur tige et à la taille de leurs feuilles.

– Tu as quatre pots !... Ce n'est pas pour ta consommation personnelle.

– Ouais, je vends un peu.

– Ils peuvent te repérer avec la consommation EDF de tes parents. Ta lampe dépense beaucoup de courant.

– Je sais, mais dès que j'aurai mis assez de fric de côté, je me prendrai un appart et j'arrêterai ça… Je me contenterai d'un petit pot que je mettrai sur mon balcon, comme tout le monde.

– Fais comme tu veux, je m'en fous.

Il a refermé la porte à clé, et nous sommes partis avec ma voiture. Oppi s'est installé devant, entre les jambes de l'ado. J'étais soucieux, j'aurais voulu me concentrer sur l'affaire mais le gamin avait envie de parler. Il a voulu savoir pourquoi j'étais flic…

Putain de question…

J'en avais aucune idée. Je n'aimais pas rédiger des procès-verbaux, je ne kiffais pas la baston, les planques… Il m'a demandé si la vie à Paris était sympa, si j'avais une meuf… Je lui ai parlé de mon… ex ! qui fait du cinéma et a joué le personnage de Rohna dans *Princess of war*. Il connaissait ce jeu. Ça l'a fait rêver d'imaginer que j'avais passé mes nuits près d'une telle poupée au cul bombé et aux nibards volumineux. Je n'ai pas voulu briser ses illusions en décrivant la vraie silhouette de Cécile et sa libido de petit pois. Au contraire, j'ai affirmé: « Oui, c'était une sacrée chaudasse! » Le gamin allait se branler ce soir devant un combat de Rohna. Les trois gouttes qui lui échapperaient des mains seraient un hommage digne de mon amie. On a les admirateurs qu'on mérite.

J'ai reçu un appel de mon chef pendant que nous roulions. Il me demandait si j'avais retrouvé le moral. Après deux ou trois paroles de réconfort bidon, il a insisté pour que je revienne assurer mon astreinte, dimanche. Les délits augmentaient depuis un mois dans notre arrondissement, et j'étais le seul à maîtriser les nouvelles poudres pour la prise d'empreintes. Il sait que le mec qui me remplace est une *bille*. Je l'ai laissé patauger, j'attendais les compliments qui sont arrivés.

– Bostik, vous êtes l'agent le plus compétent de la brigade, les chiffres de résolutions d'affaires ont augmenté depuis que vous êtes là…

Oui, je faisais les meilleures photos, je trouvais des empreintes dans des endroits où personne ne pensait à aller les chercher, mais je n'avais toujours pas reçu de lettre de félicitations.

– Je suis en province, chef. Chez ma mère.

– Où êtes-vous ?

– Dans la Nièvre.

– À peine deux heures de route. Rentrez.

– Il faut que vous me rendiez un service… C'est

un problème personnel.

– Allez-y.

– Faites jouer vos relations pour activer la recherche d'un S.D.F. dans la région de Nevers. C'est important. Je vais vous donner le numéro de la fiche de recherche.

Tout en conduisant, j'ai sorti la circulaire imprimée de ma poche et l'ai tendue à l'ado qui a lu les numéros à haute voix. Je les ai répétés au chef. Il m'a dit :

– Comptez sur moi… Je m'occupe de ça. Je trouverai une personne pour mettre la pression sur le commissariat de Nevers.

Je l'ai cru.

– À dimanche, sans faute ! a-t-il conclu.

– Oui, j'essaierai d'être là.

– J'insiste, Bostik. Le dossier Laura B. n'est pas clos. L'assassin s'est rétracté. Il nie maintenant. Il faut que vous terminiez expressément le dossier technique pour le transmettre aux enquêteurs.

Quel bordel, j'ai pensé.

– Le brouillon est dans mon ordi, ils peuvent le consulter.

– Revenez vite.

J'ai coupé la communication. J'étais énervé. Le procès-verbal avait dû être bâclé ou l'avocat a trouvé une faille juridique dans l'interrogatoire. Ou peut-être que le gars était vraiment innocent. J'ai repensé un instant à l'indice du mégot négligé par les collègues. Le gamin m'a rendu la fiche de recherche.

– C'est qui le mec sur la photo ? Il a quelque chose à voir avec Mathieu ?

– Peut-être… Tu le connais ?

– On le voit souvent à Nevers. Il traîne dans les rues.

– Dans quel quartier ?

– Un peu partout, rue du Commerce, ou vers la gare… Un soir, il est venu nous taxer des bières pendant qu'on faisait une teuf sur une plage en bord de Loire.

– C'est un type dangereux ?

– Je sais pas… Il braille, il chante tout seul, il fait chier les gens dans la rue mais rien d'autre.

– Et votre voisin… ?

– Quoi ?

– Simon… La mère de Mathieu m'a dit que c'était un type louche.

– C'est pas vrai… Il se traîne une mauvaise réputation à cause d'une connerie. Un jour, on était en catégorie « moins de treize ans », après une victoire en finale de la coupe, on a fait la fête, on a dansé sur le terrain, chanté dans le vestiaire et sous la douche. Simon nous accompagnait, c'était notre dirigeant, il a pris des photos de tout ça… Les parents ont vu les photos où on chantait à poil sous la douche et ils ont dit que Simon était un pédophile. Ça a foutu la merde avec sa femme. Mais Simon n'est pas un pervers.

– Je te crois.

Le gamin m'a fait me garer dans le vieux Nevers, un site classé d'après les plaques émaillées bleues accrochées çà et là qui décrivaient le quartier médiéval constitué de maisons hautes à colombages serrées les unes contre les autres. Il nous a conduits jusqu'à une ruelle qui serpente en direction de la cathédrale dont on apercevait la flèche au-dessus des toits. Nous sommes arrivés devant une boutique à la vitrine barbouillée de peinture blanche : cessation d'activité. C'était une ancienne librairie d'art, la porte était protégée par une grille. Il y avait peu de passage dans la rue et aucune tête penchée aux fenêtres du voisinage.

Sans hésiter, Alex a levé la grille. La porte n'était pas fermée à clé, nous sommes entrés. Il y avait des étagères vides et grises de poussière sur les murs, le comptoir était démonté, les propriétaires avaient sûrement voulu récupérer le bois, les luminaires avaient également été retirés. Alex m'a emmené à l'étage par un escalier de bois aux marches défoncées, des échardes saillaient sous nos pas. Il y avait trois ou quatre pièces à l'abandon, les papiers peints étaient attaqués par le salpêtre, le plafond de plâtre parcouru de fissures, et il était impossible de connaître la nature des parquets : le sol était couvert de détritus, journaux jetés en vrac, canettes de bière, couvertures, matelas dégueulasses… Un squat de zonards.

– C'est là que les goths se réunissent ?

– Non… C'est un repère de toxicos. La goth y passe souvent.

Nous avons visité toutes les pièces. Il n'y avait pas de traces d'un passage récent. Les journaux dataient d'un mois, la bière avait séché au fond des bouteilles… « On va essayer un autre endroit ». Nous sommes redescendus, il a abaissé la grille et nous avons quitté le coin à pied. J'ai reçu un nouveau coup de fil. Appel « masqué ». Peut-être

Cécile ?... Ma mère !

– Franck, il paraît que ça fait deux jours que tu es ici, et tu n'es pas encore passé me voir !

– Je suis arrivé hier soir.

– Tu aurais pu me téléphoner.

– J'avais beaucoup de choses à faire.

– Où as-tu dormi ?

– Chez la mère de Mathieu. Il fallait qu'on parle de son fils. Je viendrai te voir aujourd'hui.

– Quand ?

– Je ne sais pas encore.

– D'accord, tu viens dîner ce soir.

– Oui. Peut-être.

– Vous n'avez pas encore retrouvé Mathieu ?

– Non.

– À ce soir.

Elle a raccroché. Alex m'a regardé en souriant.

– T'as vraiment des problèmes avec tes parents.

– Écrase.

Nous avons quitté le Vieux-Nevers, et nous sommes engagés dans des rues plus commerçantes. Les petites boutiques et les épiceries vivotaient encore malgré les grandes enseignes à la périphérie de la ville. Quelques magasins s'étaient recyclés depuis ma dernière venue, un cyber café et un troc de jeux vidéo s'étaient ouverts, trois commerces de téléphonie également. Alex m'a fait visiter deux nouveaux squats, des appartements abandonnés dans des immeubles vétustes. Le premier était occupé par des lycéens, fumeurs de joints et fans de hardcore, et le second, habité par un troupeau de clodos. Ils étaient sept ou huit répartis dans deux pièces puantes. Ils avaient des chiens bâtards qui n'ont pas levé le museau quand nous sommes arrivés. C'était des types en détresse et non des vagabonds bohèmes, qui font le choix de la mendicité en échange d'un air de musique ou d'une aquarelle peinte sur une feuille de papier-cul. Ils avaient des gueules cassées : sourire impeccablement carié, cloison nasale déviée à force de se prendre des *coups de boule*… Aucun d'entre eux n'avait vu la fille. J'ai posé des questions aux S.D.F. sur le Sanglier. Ils ne l'avaient pas croisé non plus. Le mec était invisible depuis plusieurs jours.

Nous sommes repartis. J'en avais marre de marcher, mes genoux commençaient à me faire souffrir. Ce petit branleur d'Alex trottait comme un garenne, j'avais l'impression d'être un vieux con à la traîne. Il m'a emmené chez un tatoueur, un type défiguré par les piercings. Les murs de la boutique étaient couverts de photos de dos, d'épaules, de cuisses et de bras décorés de signes tribaux ou d'emblèmes gothiques.

Ça m'a rappelé qu'à vingt ans, je voulais me faire tatouer le visage de Che Guevara sur l'épaule. La nana avec laquelle je sortais à l'époque m'avait demandé : « Qui c'est ? ». Elle était en fac d'histoire contemporaine et inscrite dans un syndicat étudiant, cette conne. J'ai abandonné le projet de tatouage, et la nana une semaine après.

Le mec a hurlé quand on lui a parlé de la fille goth. Il lui avait offert trois tatouages en échange d'un peu de ménage, de repassage et de lessive – c'était évident que ce mec ne se trouverait jamais une épouse *domestique* avec sa gueule de pneu clouté ! – et la gamine n'était plus revenue après le troisième tatouage. Il s'était retrouvé avec sa panière de linge sale sur les bras. Cette fille avait du caractère.

Le tatoueur a ajouté : « Heureusement qu'elle n'a pas remis les pieds ici, je l'aurais baisée à mort ! » Il a dit ça en se tenant les couilles dans la pogne. Il pensait qu'on allait se marrer. Je lui ai dit que si sa queue était aussi moche que sa tronche, il fallait qu'il baise avec une capote noire. Ses yeux de toxico se sont arrondis en entendant ça, il est passé derrière le comptoir. Alex m'a dit : « T'es con, il est armé ! ».

On s'est cassé en courant à fond ! À chaque foulée, je pensais à mes genoux « Tenez bon ! Tenez bon ! ». Ils ont tenu, j'ai même devancé Alex dans notre sprint effrayé. On a fait une pause à un coin de rue.

– Faudra que j'évite ce coin, a dit le môme. C'est un fou ! Il a des armes de guerre dans sa boutique.

Nous avons marché un long moment avant de retrouver une respiration normale. Alex a téléphoné à des potes. D'après eux, les gros deals se font actuellement en bord de Loire, dans un quartier composé de barres H.L.M. élevées à une centaine de mètres du fleuve. Nous avons repris ma voiture et nous nous sommes dirigés là-bas afin de trouver le bâtiment 5, comme nous l'avaient indiqué les amis d'Alex. Deux ados dans la rue glandaient les mains dans les poches, une femme noire en boubou revenait du supermarché voisin avec un cabas rempli de courses, un pépé à béret discutait avec un vieux coiffé d'une chéchia. Je me doutais que le coin possédait ses marlous qui vivaient de petits trafics mais la zone ne ressemblait pas aux cités du 93 où les chouffeurs, des mômes de huit ans payés 50 euros la journée pour avertir de la présence des flics, auraient déjà annoncé notre venue aux grands frères.

Je me suis garé à une dizaine de mètres de l'entrée du « 5 ». Même sur un parking de cité, ma voiture restait la plus pourrie du lot. Le « 5 » était un nouvel immeuble, la cité s'agrandissait en direction de la Loire. Des échafaudages étaient montés contre la façade de huit étages. Il n'y avait aucun ouvrier, comme si le chantier était stoppé. Alex est entré dans le bâtiment, et en est sorti dix minutes plus tard.

– Il y a des mecs dans la cave, ils m'ont dit que la fille est passée… Elle doit être encore là… C'est son scooter là-bas…

Il m'a montré le véhicule garé plus loin, un scooter caréné comme une voiture de luxe avec un moteur que j'imaginais surpuissant. Rien à voir avec les mobylettes, la 51 ou le 103 SP, que je conduisais quand j'étais ado. Nous sommes entrés dans l'immeuble. Le hall sentait la peinture fraîche. Nous avons essayé d'ouvrir les portes des appartements. Rez-de-chaussée, portes closes, premier étage, portes closes.

Au deuxième étage, la porte du logement de droite n'était pas verrouillée. Nous avons pénétré dans l'appartement. Coup de chance. La môme était là, inconsciente. Allongée sur un sol de lino dans une pièce vide. J'ai pris son pouls et examiné ses pupilles, tout était O.K. Il y avait une bouteille de vodka à moitié vide à côté d'elle. La môme s'était poudré les paupières avec un fard vert. Elle avait un visage d'une pâleur maladive. Elle n'était pas habillée en goth, mais dans un look étrange et délirant, entre teuffeuse et hippie : une minijupe noire, des bas verts fluo, un tee-shirt violet et un gilet orange vif. Ses longs cheveux bruns étaient parsemés de mèches rouges, orange, vertes. Je n'obtiendrais aucune confidence en essayant de lui parler maintenant, elle aurait un réveil hargneux. Alex m'a montré l'intérieur de ses avant-bras : la chair portait des marques récentes de lacérations comme si la jeune fille s'était fouetté les bras avec une baguette de bois ou une lanière de cuir. L'épiderme était entaillé, les plaies suintaient.

– Tu sais où elle habite ?

– Non… Je te l'ai dit. Je ne sais même pas à quel lycée elle va.

– Faut l'emmener.

– Où ?

– On ne va pas se casser et la laisser là. On mettra trois jours pour la retrouver.

– C'est pas la petite amie de Mathieu.

– Elle est sortie avec lui il y a peu de temps.

– C'est une camée, elle couche avec n'importe qui. C'est une folle du cul dès qu'elle boit.

– Tu m'emmerdes.

Je l'ai fouillée pour trouver son portable qui m'aurait permis d'appeler un numéro de son répertoire ; le mec ou la fille à l'autre bout m'aurait donné son identité. Mais elle n'avait pas de téléphone.

– Va regarder le numéro de l'assurance sur son scooter. Je téléphonerai à un collègue pour qu'il trouve l'adresse de ses parents.

– Comme tu veux.

Il a quitté l'appartement. J'ai redressé la fille, elle a gémi sans se réveiller. Un front haut, une bouille charnue, elle était mignonne malgré tout. Alex est revenu avec l'info. J'ai appelé mon pote aux *disparitions inquiétantes*, je lui ai expliqué le rôle de cette fille et lui ai filé le numéro d'immatriculation de l'assurance. Il m'a rappelé dix minutes plus tard pour me donner l'adresse des parents et le prénom et nom de la fille. Anaïs Soffyn. La famille n'était pas à Nevers, mais habitait à quinze kilomètres de là, dans un village du Cher.

– Qu'est-ce que tu vas faire ?

– Je la ramène chez elle.

– Moi, je rentre.

– Attends-moi, tu ne vas pas rentrer à pied.

– Je vais prendre son scoot !

Il a souri.

– O.K., tu peux repartir avec sa bécane, mais ne commence pas à la désosser dans ton garage !

– Promis.

9

J'ai soulevé Anaïs, un poids plume, une fille de tulle, et je l'ai ramenée à la voiture pour la poser sur la banquette arrière. Quelques visages penchés aux fenêtres d'un immeuble voisin m'ont regardé traverser la rue avec la gamine dans les bras, mais ils affichaient une curiosité indifférente. J'ai quitté le parking et jeté un œil à l'arrière : elle ne s'était toujours pas réveillée. Son scooter n'était plus là, Alex avait réussi à le faire démarrer sans les clés.

En sortant de la cité, j'ai remarqué des clodos sur la digue qui longe les berges de la Loire. Ils transportaient de gros sacs. J'ai pensé au Sanglier. Il y a des bicoques de pêcheurs le long du fleuve, des ponts également, qui hébergent des cloches tout au long de l'année. J'ai hésité, puis décidé de les rejoindre. Je me suis garé à proximité de la digue, j'ai fermé la voiture en laissant la fille et le chien à l'intérieur. Elle dormait profondément et Oppi était blotti contre elle. J'ai monté les escaliers de pierre et me suis engagé sur le chemin fréquenté par les badauds, les joggers, les exhibitionnistes…

Les clochards étaient cent mètres devant moi. Ils ont remarqué ma présence mais n'ont rien changé à leur allure. Je les ai suivis jusqu'à une cahute en planches goudronnées appartenant à un loueur de canoës qui retire son matériel en attendant l'été. Seules quelques gabares sillonnent la Loire encore basse en cette saison. Deux clodos entretenaient un feu de bois mort à quelques mètres de là. Ils jetaient dans les flammes de grandes branches écorcées, blanchies par le soleil, que le fleuve avait charriées jusque-là lors de la dernière crue.

Je suis entré dans la baraque. Après quelques secondes, mes yeux se sont habitués à la pénombre et j'ai vu deux cloches allongées dans des vieux canoës garnis de couvertures crasseuses. Les autres étaient assis sur un divan bancal et un fauteuil de récup' au tissu élimé. Personne n'a bougé en me voyant. L'alcool avait ankylosé leurs gestes, endormi leurs réactions. Ils étaient en plus mauvais état que la troupe dénichée dans l'immeuble, habillés de pulls démaillés, de baskets sans lacets, de doudounes crevées et vidées de leur bourre synthétique. J'ai dit deux ou trois mots pour engager la conversation, mais ils ont gardé une impassibilité de statue. Il n'y a pas de code d'honneur dans ces milieux, comme chez les toxs, tous les coups sont permis pour se payer une nouvelle bouteille ou le prochain fixe. J'ai fouillé mes poches et j'en ai sorti une dizaine d'euros, en billets et en pièces. Leurs yeux se sont éclairés devant le fric. Les cloches ont vidé leur sac.

– Je l'ai vu, ton gars !

– Moi aussi !

– Ta gueule !

Ils se volaient dans les puces… Je leur ai demandé de se calmer, j'ai questionné ceux qui donnaient des détails crédibles, et j'ai réussi à apprendre que le Sanglier se gardait une planque secrète. Dans la cathédrale de Nevers. Il ne serait pas hébergé par un foyer catho affilié à la cathédrale mais logerait dans une crypte ? Une cave ? Une sacristie fermée au public ? Personne ne savait exactement où, mais ils étaient certains qu'il passait ses nuits là. Me voilà à la recherche de Quasimodo, ai-je pensé.

Après quelques secondes de réflexion, ce lieu m'a rappelé quelque chose mais mon raisonnement n'était pas assez clair pour retrouver le lien entre Mathieu et la cathédrale. C'était un fil qui dépassait de mes souvenirs, je tirerai dessus plus tard. Je ne savais pas comment distribuer mon argent aux clodos. Quels que soient mes conseils, ils ne le partageront pas, mais se foutront sur la gueule pour s'en emparer. Le plus fort l'emportera, et se fera *poinçonner* dans la nuit par un collègue qui empochera la mise. Je suis reparti avec mon fric.

– Salaud !

– Fumier !

Les mecs ont gueulé, mais aucun n'a fait l'effort de se lever. Je suis retourné à la voiture. La fille et Oppi avaient disparu. J'ai ouvert la portière. La gamine avait vomi sur ma banquette. J'ai compris pourquoi Oppi s'était cassé. L'odeur dans la voiture était irrespirable, même pour un chien habitué à renifler toutes les merdes de son quartier. J'ai sifflé plusieurs fois mais le clébard n'a pas réapparu. J'ai démarré toutes fenêtres ouvertes. Anaïs était à pied, encore grise, et paumée, j'étais certain qu'elle était retournée dans son appart. Une demi-bouteille de vodka l'y attendait. Et peut-être de sales cons. Qu'elle se débrouille.

J'ai roulé en direction du centre-ville de Nevers où se dresse la cathédrale, avec l'espoir de découvrir le repère du Sanglier. Ce qui rattache Mathieu à cet endroit m'est revenu en tête : les parents de l'aviatrice y avaient fait poser une plaque honorant le souvenir de leur fille. Il ne restait aucune photo, ni aucun plan qui indiquait son emplacement. Nous l'avions cherchée avec Mathieu, sans succès. Je ne sais pas si Mathieu avait poursuivi sa quête sans moi.

J'ai fait deux fois le tour de la cathédrale à la recherche d'une place où me garer. L'édifice gothique semblait surgir du sol, ses lignes verticales s'élevaient dans le ciel gris sombre, certaines rosaces étaient recouvertes par de grandes bâches vertes. La cathédrale avait été bombardée durant la guerre, la reconstruction prenait du temps. Au moment d'entamer un troisième tour, j'ai eu un remords, une bouffée d'angoisse : Anaïs. Je ne pouvais pas laisser cette minette à la merci des lascars des Bords de Loire. J'ai quitté les rues pavées à une allure express, mes amortisseurs ont dégusté, et je suis retourné aux H.L.M. Il était déjà 19 heures, le ciel s'assombrissait, j'ai allumé mon phare – impossible de démonter le bloc pour changer l'ampoule de droite, toutes les vis ont foiré. En route, j'ai reçu un coup de fil. C'était Cécile. Mon cœur s'est emballé.

– Attends, Cécile, je suis au volant, je vais me garer.

– Pas la peine, j'en ai pour une minute. La

propriétaire a appelé. Il faudrait que tu sois à l'appartement demain entre 14 et 15 heures. Un type va passer prendre des mesures pour installer des stores électriques. Voilà, c'est tout.

– Je ne suis pas à Paris.

– Je m'en fous.

– Je suis à Nevers !

– Débrouille-toi avec la propriétaire. Bonne soirée, Franck.

Elle a coupé la communication. Salope !

J'ai poursuivi mon chemin jusqu'à la cité des Bords de Loire. Je me suis garé devant l'entrée du bâtiment 5 toujours caché derrière le squelette tubulaire des échafaudages. J'ai allumé la lumière pour monter les escaliers et suis entré dans l'appartement du deuxième étage. La fille était à la même place, Oppi assis à côté d'elle. Elle avait vidé la bouteille sans replonger dans son coma. Elle a écarquillé les yeux en me voyant.

– C'est toi qui m'as enfermée dans ta voiture ? Tu voulais me violer ?

Je l'ai fixée.

– C'était pas la peine de me kidpp… kidpn…

Elle s'est reprise à plusieurs fois pour dire le mot.

– … C'était pas la peine de me kidnapper, tu as qu'à payer, je te laisserai faire. J'aime bien les vieux.

Elle avait une voix éraillée, écorchée, comme celle des enfants qui ont trop hurlé, mais une trogne de jolie gosse. Je me suis assis à côté d'elle. Oppi est venu près de moi. La nuit était tombée. Il y avait une ampoule au plafond, j'ai tendu le bras et fait basculer un interrupteur mais l'électricité n'était pas encore installée dans les appartements. Nous sommes restés dans l'ombre. La pleine lune, visible derrière un nuage qui s'effilochait, éclairait un peu la pièce.

– Qu'est-ce que tu veux ?

– Je veux que tu me parles de Mathieu.

– De qui ?

– De Mathieu Lechartier. Il a disparu depuis cinq jours.

– J'en ai rien à foutre de lui.

– Tu le connais.

– C'est une lope, je l'ai laissé attaché à poil une journée entière, et il ne m'en a même pas voulu.

– Je me fous de ce que vous faites ensemble. Je veux savoir ce qu'il est devenu. Quand est-ce que tu l'as vu pour la dernière fois ?

– Ta gueule.

L'interrogatoire n'avancerait pas, elle était enfermée dans son personnage. Je n'ai pas abandonné.

– Écoute-moi, Anaïs…

Elle a écarquillé les yeux en entendant son prénom.

– Tu me connais, t'es qui ?

– Laisse-moi parler, s'il te plaît. »

Elle m'a écouté lui décrire ma rencontre avec Patte-de-Poulet il y a huit ans, ma vie de flic parisien, le coup de fil de la mère de Mathieu… Elle n'a posé aucune question et regardait les plaies sur ses bras, ou caressait le chien, comme si ce que je lui disais ne l'intéressait pas. Dix minutes plus tard, elle a lâché quelques paroles sans que je comprenne ce qui l'avait décidée à parler. Les effets de l'alcool se dissipaient sûrement, elle retrouvait son tempérament naturel que trahissaient ses grands yeux et ses lèvres charnues : une gamine sensible.

Elle s'est mise à nu sur un ton de *par cœur* comme s'il lui fallait déballer sa vie devant son nouveau psy. Son père était un ex-taulard interné dans un hôpital psychiatrique, sa mère, infirmière à l'hôpital de Bourges, rentrait une semaine sur deux. La gamine vivait seule dans la maison familiale. Chaque matin, elle s'enfilait une demi-bouteille d'alcool fort dans le bus qui la conduisait dans un lycée privé de Nevers. En journée, elle s'injectait sa dope en se piquant entre les orteils. Je l'ai stoppée sur ses confidences de baise maso. Je n'étais pas choqué par son goût du sexe brutal, au contraire, ça me donnait la trique. Elle avait un vocabulaire riche, une syntaxe d'adulte cultivée.

Sur le même ton, elle m'a raconté son autre vie, de comédienne de théâtre dans une troupe amateur de Bourges, depuis qu'elle est enfant, son apprentissage des arts de la rue, elle est jongleuse, cracheuse de feu… Elle joue de la guitare et compose des chansons également.

– Il y a que le sexe et la musique que j'aime dans la vie !

– O.K…

– Tu as déjà fait mal à une fille en baisant ?

– … Je voudrais qu'on parle de Mathieu.

– J'ai rien à dire.

– Où est-ce qu'il peut être ?

– J'en sais rien. Il faut essayer du côté de son ex.

– Celle qui fait partie d'un groupe de rock ?

– Oui. Une fois, il lui a téléphoné devant moi.

– Tu n'as pas le numéro de cette fille ?

– Non, je ne me rappelle même plus le nom du groupe. Il faudrait le demander à ceux qui organisaient le festival.

– Le groupe était du coin ?

– Non. De Paris. Ça marchait. Ils tournaient beaucoup à l'époque.

Cette piste aurait dû être vérifiée depuis longtemps. Je m'en occuperai plus tard. Elle a joué avec le chien, je me suis levé et j'ai regardé par la fenêtre. La lune se reflétait sur le miroir sombre de la Loire, l'eau réfléchissait également la ligne de néons installés sur le pont de chemin de fer, la ligne Paris-Clermont. Je ne savais pas quoi faire d'Anaïs.

– Je te ramène chez toi ?

– Non, je reste.

– Pas question… Je vais te déposer chez Mathieu. Je demanderai à sa mère si tu peux passer la nuit là. Tu récupéreras ton scooter chez un voisin.

– Arrête de me donner des ordres. »

J'ai aidé Anaïs à se lever, puis nous sommes partis. Elle s'est excusée en découvrant la flaque de vomi dans la voiture, mais je crois que ça la faisait marrer. C'était peut-être l'occasion de fourguer ma voiture au producteur qui la réclamait. Anaïs s'est contorsionnée sur le siège afin de retirer son collant vert fluo. « Ça me gratte ! » Elle a laissé sa jupe retroussée quelques secondes. J'étais attiré par le blanc immaculé de ses cuisses visibles dans la pénombre du véhicule.

– Regarde la route ! Si tu veux, je te montrerai le

reste tout à l'heure…

– Merci, ça va.

– T'en as pas envie ?

– Fous-moi la paix avec ça, gamine.

– O.K., flic.

Nous sommes passés devant le stade, encore éclairé. J'ai eu la tentation de m'arrêter quelques minutes, pour discuter avec les amis de Mathieu, revoir les gens que j'avais connus, ou simplement regarder des mômes courir après un ballon, répéter des gestes, en file indienne, un ballon chacun… Ça me manquait. À Paris, on ne sait pas où les gamins jouent ? Dans les caves ? Sur les toits ? On ne les voit pas.

J'ai poursuivi ma route en passant devant la statue de l'Aviatrice qui conservait sa blancheur irréelle dans la nuit. La forme féminine symbolisée et l'absence des bras lui donnaient des airs de Vénus de Milo. Nous sommes arrivés dans le lotissement de Patte-de-Poulet. Il n'y avait personne à la maison.

– Installe-toi. Tu peux prendre une douche à l'étage. Tu trouveras sûrement à manger dans le frigo si tu as faim.

– Où est mon scooter ?

– Je t'expliquerai demain.

J'ai essayé de joindre Mathilde mais son portable était coupé. Je lui ai laissé un message mais n'ai donné aucun détail sur les événements de l'après-midi. Je suis allé dans la cuisine. J'avais très faim. Le frigo contenait seulement un yaourt sans matière grasse, une botte de radis et un sachet de salade, à peine de quoi nourrir un lapin. En cherchant dans les placards, j'ai trouvé un cake. Je me suis installé à la table de la cuisine et j'ai mangé plusieurs tranches de cake prédécoupées. Anaïs n'en a pas voulu. J'ai insisté. Non, elle ne voulait rien. Toxico, alcoolo, schizo… et anorexique aussi. La totale ! Elle a pris une bière, une Bud, qu'elle a trouvée dans le frigo et s'est assise face à moi.

– Tu pourrais m'en offrir une ?

– C'était la dernière.

Elle s'est levée pour chercher deux verres, dans lesquels elle a versé la bière équitablement. La bière pour elle, la mousse pour moi. Elle a esquissé un sourire au moment de me tendre le verre mousseux.

– Tu ne m'as pas beaucoup parlé de Mathieu… Pourtant, tu es sortie avec lui.

– C'est pas un petit ami, Mathieu. Ce n'est même pas un pote. Je ne savais pas qu'il habitait ici.

– Pourtant…

– Pourtant, ouais, je suis sortie avec lui, mais c'était des soirées où j'étais rincée ! Complètement défoncée !

– Vous avez parlé de quoi ?

– De rien. Je ne sais pas grand-chose sur lui. C'est lui qui me posait des questions, sur la drogue, sur l'alcool, sur la sorcellerie… Je le laissais faire parce qu'il ne m'a jamais fait la morale.

– Tu n'as vraiment aucune idée de l'endroit où il est ?

– Promis, je ne sais rien.

Je lui ai demandé de rechercher le nom du groupe de rock et celui de la fille…

– Tu peux te servir du téléphone, et il y a Internet sur un ordinateur à l'étage.

– O.K.

– Et, ne fais pas de conneries, s'il te plaît…

– De quoi tu parles ?

– Je ne sais pas… Ne fais pas de conneries ici, sur l'ordi ou dans la maison. Je ne suis pas chez moi.

– Tu repars ?

– Je dois sortir vérifier quelque chose à la cathédrale de Nevers.

– Ça concerne Mathieu ?

– Oui.

– O.K.

O.K., mon cul ! Je n'avais pas confiance en elle, mais j'étais impatient d'aller faire un tour à la cathédrale et d'y chercher la trace du Sanglier. J'espérais que les portes ne seraient pas fermées malgré l'heure tardive. Je me suis installé au volant de ma caisse, bon sang, l'odeur de gerbe m'a donné la nausée. Le cake m'est remonté au bord des lèvres. J'ai maudit cette gazoute alcoolique en me promettant de lui faire nettoyer ses dégâts.

J'ai quitté la maison et pris la route de Nevers. Il était près de 20 heures, ça roulait bien. J'ai trouvé une place à deux cents mètres de l'entrée de la cathédrale. Je m'attendais à trouver un chœur faiblement éclairé par quelques cierges tremblotants et deux loupiotes dirigées vers le grand orgue, mais en ouvrant la grande porte en bois de l'accès visiteurs, j'ai pris 3000 watts dans la gueule ! La répétition d'une chorale installée dans le chœur roman était filmée par la télévision régionale. La console du son était installée devant la porte que j'ai ouverte à moitié. Je me suis glissé à l'intérieur en prenant garde de ne pas trébucher sur les fils, et je me suis éloigné sous le regard furieux des techniciens.

Une dizaine de projecteurs envoyaient une lumière aveuglante. Des *lights* accrochés à la voûte affinaient les jeux de lumière sur le visage des chanteurs. Le réalisateur était en train de discuter avec le chef de chorale. J'ai enjambé les câbles tirés depuis un local à gauche, et je me suis baladé du côté de la nef gothique. Comme lors de ma première visite avec Mathieu, je me suis senti écrasé par la pierre, taillée, façonnée, les blocs massifs assemblés par une ligne de mortier imposaient le respect, la durée. Face à ce travail, j'avais l'impression que les architectes d'aujourd'hui possédaient juste assez de foi et de talent pour poser des bordures de trottoirs.

J'ai parcouru les souterrains conduisant à la crypte romane et traversé les dernières salles découvertes après les bombardements et qui datent de l'époque mérovingienne. En observant les colonnes, j'ai remarqué des gueules de sanglier ou de cochon sculptées sur certaines corniches. Mais je ne trouvais toujours pas la trace de mon Sanglier. Je commençais à douter de sa présence ici. Il me restait à visiter la tour Bohier, hérissée de gargouilles, une construction de cinquante mètres de hauteur qui domine la ville depuis les années quinze cent.

Je me suis trouvé dans l'obscurité dès les premières marches de l'escalier, j'ai allumé ma lampe et grimpé lentement. La chorale commençait sa répétition. Les voix maîtrisées, au timbre clair, me saisissaient, elles prenaient de la force en s'engouffrant dans le boyau obscur de l'escalier. Un appel d'air attisait leur force depuis le sommet de la tour. Les marches étaient pentues, ma main s'accrochait à la grosse corde de chanvre qui servait de rampe, j'ai rencontré plusieurs portes que j'ai essayé d'ouvrir. Sans succès. J'ai poursuivi mon chemin, l'hélice de l'escalier était vertigineuse. La tête me tournait. Je voyais la nuit et les toits de la ville à travers les grandes fenêtres de formes ogivales, j'apercevais plus loin la Loire et le pont. J'avais les jambes flagada et les genoux en compote, j'avançais grâce au stress depuis trois jours, il était temps que je retrouve Mathieu… ou Cécile.

Les voix de la chorale se sont soudain tues, mais le silence n'était pas complet : j'ai entendu des râles. Il y avait une porte étroite sur ma droite, je l'ai poussée, les gonds ont grincé, elle s'ouvrait. J'ai glissé ma lampe dans l'entrebâillement, le faisceau lumineux a éclairé une chevelure hirsute et un visage sanguinolent. Le Sanglier était blessé.

10

Le regard du Sanglier a fixé la lumière de ma lampe sans ciller. Il était assis par terre, le buste appuyé contre le mur, son front et sa joue droite étaient couverts de sang. Quand j'ai été près de lui, ses mains se sont levées en direction de ma lampe pour protéger ses yeux contre la lumière trop vive. Je l'ai détournée. Aucun doute, c'était le type présenté sur la fiche de recherche. J'ai promené ma lampe et détaillé la pièce : pas de fenêtres, un sol inégal en terre, des cartons entassés sur un côté. J'ai dit au Sanglier que je faisais partie des services sociaux.

– Des gens du quartier m'ont signalé une personne en détresse…

Il n'a pas répondu.

– Je ne veux pas vous faire sortir d'ici… Je veux seulement parler avec vous. Vous m'entendez ?

Son regard habitué à l'obscurité m'a dévisagé.

– Ça va ?... Où avez-vous mal ?...

Il a répondu par des râles. O.K., le mec n'était pas en état de fuir. Il y avait une mallette de *premiers secours* dans ma voiture. Désinfectant, compresses, bandages, comprimés d'antalgique, gants, de quoi retaper le Sanglier.

– Je reviens.

J'ai redescendu l'escalier en prenant garde de ne

pas glisser, certaines marches s'étaient creusées et la pose du pied était casse-gueule, ma main tenait fermement la corde. En bas, le chœur roman était bourdonnant d'activité, des techniciens s'affairaient autour des projecteurs, le public se massait contre les barrières à quelques mètres du chef de chorale. Personne ne m'a vu sortir de la tour, j'ai couru jusqu'à ma voiture et pris la mallette que j'ai retrouvée dans le coffre. Je suis remonté vers la cathédrale en trottinant, un point de côté m'a fait ralentir. Putain, j'avais une condition physique d'asthmatique.

Deux gros types étaient devant le portail. Pantalons et teeshirts noirs, c'étaient des techniciens qui travaillaient à l'intérieur tout à l'heure, ils buvaient une bière. Je les ai salués d'un signe de la tête, mais un des mecs a levé le bras vers moi.

– Vous ne pouvez pas entrer tout de suite, monsieur, le tournage vient de commencer.

– Je ne ferai pas de bruit.

– Nous avons des consignes.

– Il y en a pour combien de temps ?

– Une heure, je pense.

Ils étaient balaizes, j'avais oublié ma carte de police dans la voiture, et mes muscles à la salle de gym ; si je forçais le passage, j'allais prendre deux baffes.

– Il n'y a pas une autre entrée ?

– On ne sait pas.

J'ai fait le tour de la cathédrale jusqu'à la tour Bohier. Des grilles cadenassées en interdisaient l'accès par l'extérieur. J'ai fait sauter un cadenas à coups de pierre et suis entré. Je me suis engagé à nouveau dans l'escalier. La montée était toujours aussi difficile mais la présence du Sanglier là-haut me donnait de nouvelles forces.

De retour près de lui, j'ai mis mes gants et nettoyé avec une compresse le sang qui le défigurait. Il s'est laissé faire. Il puait fortement. Ses yeux n'étaient pas aussi effrayants que je l'imaginais. Coiffé et rasé, ce mec devait avoir un visage doux. Je lui ai filé deux Doliprane. Il a bu beaucoup d'eau comme un athlète déshydraté. A toussé, et son visage a repris un masque de douleur.

En bas, les choristes ont débuté un autre chant. J'ai laissé passer un couplet et un refrain, séduit par la beauté des voix, puis j'ai dit : « C'est beau ». Il m'a répondu « Oui ». C'était sa première réponse articulée. Il a attendu la fin du chant puis « Ça s'appelle *Vois sur ton chemin*… » Je ne savais pas s'il se foutait de moi ou s'il avait saisi les paroles du refrain. Il m'a expliqué ensuite sa situation.

Il s'était fait lyncher la nuit d'avant par une quinzaine de jeunes des Bords de Loire. Une agression sans motif. Ils l'avaient laissé évanoui sur une plage de la Loire d'où il s'était traîné jusqu'à la tour. Je l'ai examiné. Nez pété, plaie au crâne, ses côtes le faisaient souffrir à chaque quinte de toux. J'ai proposé de l'emmener à l'hosto. « Non ! » Il a tendu le bras, sa paluche a serré mon poignet jusqu'à me faire hurler de douleur. Il avait une force de buffle.

– Calmez-vous, on fera ce que vous voulez.

Il m'a libéré. Je me suis assis à côté de lui. J'ai

posé ma lampe au sol en dirigeant la lumière de l'autre côté de la pièce. Après quelques minutes de silence, je lui ai demandé de se lever. Je ne voulais pas qu'il s'endorme.

– Ça vous fera du bien de marcher, vous allez vous ankyloser.

– Je bouge pas…

– Allez, juste quelques pas.

Il a saisi ma main, j'ai essayé de le tirer vers moi, impossible, il était trop lourd et ne faisait aucun effort pour m'aider à le mettre debout. Je l'ai laissé allongé.

– Qui t'a dit que j'étais là ?

– Des gens du quartier.

– J'te crois pas.

– Pourquoi vous n'êtes pas avec les autres *sans domicile ?*

– Je veux m'en sortir.

– Vous n'allez pas sortir de la misère en vous isolant dans cette tour.

– Je m'en fous de la misère ! Je ne veux plus boire avec eux. Je fais trop de conneries quand je bois.

– Vous avez fait des choses que vous regrettez ces derniers temps ?

– Je ne me souviens pas de ce que je fais quand je suis saoul. »

Il possédait un grand sac de sport qui lui servait d'oreiller. J'aurais dû le fouiller avant qu'il ne retrouve ses esprits. Maintenant, il avait un regard défiant, mais sans agressivité. J'ai eu envie de lui poser des questions sur la disparition de Mathieu, sur la montre, sans tourner autour du pot, mais je ne savais pas quelle serait sa réaction. Je n'avais pas d'arme pour me défendre. On nous avait enseigné quelques heures de sport de combat à l'école de police, mais les deux parades que je connaissais ne suffiraient pas pour échapper aux paluches d'un tel animal. Il avait une puissance herculéenne dans les membres.

Malgré moi, je pensais aussi à la remarque des policiers municipaux : il transportait une hache dans son sac.

– Vous venez d'où ?... Vous faisiez quoi avant ?

– Marsannay, un patelin à côté de Dijon… Je ne sais pas ce que je faisais. Ça fait trop longtemps.

– Vous n'avez jamais eu de travail ?

– Je ne sais plus.

– Vous avez fait des études ?

– Je ne sais plus…

– Pourquoi savez-vous que vous venez de Dijon, alors que vous avez oublié le reste ?

– J'y suis retourné.

– Quand ?

– … Tu me donnes mal à la tête avec tes questions.

– Je veux savoir si vous avez les idées claires. Je n'ai pas le droit de vous laisser ici si j'ai un doute sur votre état de santé… Non-assistance à personne en danger. Quand avez-vous été à Dijon ?

– La semaine dernière.

La route la plus courte pour aller à Dijon passe par Château-Chinon, où le chef de gare avait vu Mathieu jeudi soir. La voie ferrée qui relie Nevers à Dijon passe par Château-Chinon. J'ai eu un mouvement de recul. Le chant de la chorale s'était recentré sur les voix les plus enfantines. Mathieu chantait avec elles… J'ai eu envie de claquer la porte pour ne plus rien entendre, mais je me serais retrouvé enfermé avec le Sanglier. Je me suis ressaisi rapidement.

– Quel jour êtes-vous revenu de Dijon ?

– C'est *La nuit*…

– Quoi ?

– Le chant que l'on entend maintenant s'appelle *La nuit* de Jean-Philippe Rameau… On le chantait souvent à Noël…

– Vous le chantiez où ?

– Je ne m'en souviens plus…

– Alors, dites-moi, quand êtes-vous revenu de Dijon ?

– Je ne sais pas.

– Vous avez des pertes de mémoire ?

– Non. Je vais bien. Je suis revenu vendredi… Tu es flic ?

– Oui.

Je n'ai pas vu de méfiance sur son visage que je scrutais dans la semi-obscurité. Seulement une moue de dégoût.

– Tu m'as menti alors… Tu ne fais pas parti des services sociaux.

– Non.

– C'est ça, les flics… Mensonges et coups de pute… Toujours. Avec n'importe qui, les jeunes, les vieux, les femmes, les hommes, les pauvres, les ouvriers… sauf pour les riches.

– Je ne suis pas là pour refaire le monde avec toi.

– Qu'est-ce que tu me veux ? J'ai rien fait de

mal… T'as aucun pouvoir ici. Une église, c'est un lieu d'asile qui accueille tout le monde.

– Je ne veux pas te sortir d'ici pour l'instant… Mais, ça me serait facile de le faire. J'appelle la brigade, on vient te chercher en pleine nuit, personne n'en saura rien.

– J'ai rien fait de mal.

– Je ne t'accuse pas, Thomas.

– Tu connais mon prénom ?

– Oui, tu es recherché. J'ai sorti la circulaire de ma poche et j'ai approché la lampe du papier. Le Sanglier s'est redressé en grimaçant.

– C'est quoi ?

– La feuille distribuée à tous les flics du coin.

Il a essayé de prendre le papier, mais je l'ai remis dans ma poche.

– Qu'est-ce qu'ils me veulent ? Je n'ai rien fait !

– On veut seulement te poser des questions.

– Sur quoi, bon sang ? Je n'ai rien fait ! Rien vu ! Je ne sors plus d'ici.

– Laisse-moi t'expliquer…

– Tu es vraiment de la police ? Personne ne travaille seul chez les flics, ils bossent en équipe.

– Je n'ai pas dit que je travaillais, mais je suis flic. Un de tes amis t'a dénoncé pour un vol de montre.

– De quoi tu parles ?

– Quelqu'un s'est fait arrêter en possession d'une montre de luxe, une montre bleue, volée, et il a dit que tu la lui avais donnée.

– La montre ! Je lui ai donné cette montre mais je ne l'ai pas volée.

– Comment te l'es-tu procurée ? Elle appartient

à un ami.

– Je l'ai trouvée dans un fossé.

– Où ?

– Dans le Morvan, quand je rentrais de Dijon.

Son regard et ses gestes n'ont montré aucune inquiétude. Le Sanglier paraissait sincère.

– L'ami à qui appartenait cette montre a disparu depuis vendredi. C'est un enfant.

– Hein ?

J'ai dirigé ma lampe vers son visage pour voir ses réactions, j'ai vu de la peur dans ses yeux qui m'imploraient. Sur son front, une plaie s'était remise à saigner.

– Je ne mens pas, je te le jure. J'ai trouvé cette montre en faisant du stop entre Château et Nevers…

Il avait pris le train samedi matin à Dijon, s'était fait sortir du wagon par des contrôleurs en gare de Chalon, il avait poursuivi son chemin jusqu'à Nevers en stop, avec une longue période de marche entre Autun et Alluy, sur une route départementale serpentant entre les flancs de la montagne. Il avait ramassé la montre sur le bord de la route, quelques kilomètres après Château. Elle fonctionnait, c'était un bel objet.

–Tu pourrais retrouver l'endroit ?

– Si tu promets de m'emmener à Dijon, je te le montre. Je ne veux plus rester ici.

– Qu'est-ce qui me prouve que tu vas me conduire à la bonne route ?

– Je veux t'aider… Je connais les flics !... Je ne veux pas qu'on me colle l'enlèvement d'un gamin sur le dos !

– O.K., nous partons demain pour le Morvan.

Il fallait que je me rende là-bas pour reprendre l'enquête à partir de la gare de Château, le dernier endroit où Mathieu avait été vu désormais.

– Je veux que tu me conduises à Dijon quand je t'aurai montré les lieux.

– Non, ça me fera perdre une demi-journée. Je te paierai le billet de train entre Château et Dijon.

– Donne-moi ta parole.

– Juré.

– J'espère que tu retrouveras ton ami.

– Moi aussi… Tu veux que je te trouve un endroit pour dormir ? Une chambre d'hôtel ?

– Non, je reste là.

– Je passe te chercher demain matin, à 9 heures.

– Je t'attendrai en bas.

– Tu es sûr que tu pourras descendre seul ?

– Ça va aller, j'ai besoin de sommeil, c'est tout.

Nous nous sommes serré la main. Sa paluche musculeuse a emprisonné mes doigts comme si c'était des brindilles de paille et les a relâchés, intacts. J'avais confiance en ce type. J'aurais dû le faire coffrer et laisser l'équipe du commissariat de Nevers poursuivre l'enquête, mais j'irai plus vite en bossant moi-même. J'ai pris un morceau de coton et j'ai essuyé à nouveau le sang qui avait coulé sur son visage. Il a pris la bouteille que je lui tendais et a bu quelques gorgées d'eau.

– Tu as besoin de quelque chose ? De nourriture ? D'eau ? Une couverture ?

– Non, j'ai l'habitude.

J'ai proposé de lui laisser ma lampe, il l'a acceptée, j'ai refermé la porte derrière moi en me demandant si j'avais fait le bon choix. Qu'est-ce qui allait se passer dans la tête du Sanglier durant la nuit ? Comment ferai-je pour remettre la main dessus s'il s'enfuyait ?

J'ai quitté la tour en descendant l'escalier avec prudence, je n'avais plus de lampe pour regarder où je mettais les pieds. Les répétitions de la chorale étaient terminées. J'ai levé les yeux vers un gars qui décrochait un projecteur sur une colonne. Ses pieds prenaient appui sur une corniche. Sous celle-ci, j'ai distingué une figure sculptée dans la pierre : un jeune enfant chevauchant un sanglier. Cette scène représente le songe de Charlemagne. Au pied de la colonne, un panneau informatif explique en trois langues que l'empereur ayant réuni ses évêques pour leur décrire un rêve, leur raconta qu'il s'était vu attaqué par un sanglier furieux lors d'une partie de chasse. Incapable de se défendre, il pria et un enfant nu lui apparut. « Si tu me donnes de quoi me vêtir, tu auras la vie sauve », lui dit l'enfant. Charlemagne accepta, l'enfant chevaucha le sanglier et l'amena aux pieds de l'empereur qui le tua sans difficulté. Un enfant, un sanglier et un homme robuste et barbu, des coïncidences troublantes.

11

Anaïs était seule à la maison. Je l'ai trouvée dans la salle de bains. Devant le miroir. Elle se maquillait pour se donner le visage d'un ange de la mort, face poudrée de blanc, lèvres et paupières noires, une larme noire était dessinée sous son œil gauche et des gouttes rouges imitant des éclaboussures de sang étaient peintes autour de sa bouche. Quelle tarée ! Elle avait emprunté des fringues dans la garde-robe de la mère de Mathieu : des bas et un corset noirs, un string rouge.

– Je t'avais dit de rester tranquille.

– Lâche-moi, je les porte quelques minutes, le temps que tu fasses des photos.

Son haleine sentait l'alcool. Elle avait dû se servir dans le bar

du salon.

– Je ne vais pas te prendre en photo, habillée comme ça !

– O.K., je le ferai moi-même. T'es un mec coincé.

Elle avait un appareil numérique à la main. Je me souvenais l'avoir vu près de l'ordinateur tout à l'heure.

– Pose ces vêtements.

– Viens me les enlever.

Elle a fait un tour sur elle-même afin de me faire

admirer sa silhouette. J'ai baissé les yeux vers mes chaussures.

– Quitte ces habits avant que la mère de Mathieu ne rentre.

– Laisse-moi faire quelques photos. Ça vaut 200 euros un corset comme ça. Je ne pourrai jamais m'en payer un, à moins de recommencer à dealer.

– Bon, mais alors, vite fait.

Pendant qu'elle se photographiait, j'ai téléphoné à Mathilde Lechartier : elle m'a répondu avec une voix fatiguée. J'ai compris qu'elle n'avait pas eu de nouvelles de son fils aujourd'hui. Le type du commissariat de Nevers n'avait pas avancé dans son enquête, ou bien il ne lui en parlait pas. Je lui ai raconté ma discussion avec le chef de gare. Mathieu avait été aperçu à Château, vendredi à 22 heures. Il allait bien.

– C'est vrai ? Vous avez des nouvelles de lui ? Des gens l'ont vu ?

– Oui.

Elle s'est tue. Je crois qu'elle pleurait.

– Je savais que vous le retrouveriez, Franck…

– Je ne sais pas où il est.

– Que faisait-il là-bas ?

– Aucune idée, mais je l'apprendrai vite. Je m'y rends demain en compagnie du S.D.F. qui a ramassé la montre.

– Vous avez retrouvé cet homme ?

– Oui, mais il ne sait rien. Je me charge de lui, je n'en ai pas parlé aux policiers de Nevers. Voulez-vous que je le fasse ?

– Non… Merci, Franck… Que serais-je devenue

sans vous…

Je n'ai pas su quoi répondre. Après trois secondes de silence, elle a repris :

– … Il y a une chose dont je me suis souvenue… Ça n'a sûrement aucun rapport avec le départ de Mathieu… Il y a quelques semaines, pendant que Mathieu cherchait le coupable des vols de tête de la statue en interrogeant les gens, nous avons reçu des coups de fils anonymes et le capot de ma voiture a été rayé.

Cette femme était la maîtresse du patron de la plus grosse discothèque du coin. Cela expliquait le vandalisme sur la voiture et les appels téléphoniques : jalousie de femmes ou vengeance de clients en conflit avec la boîte. Malgré tout, je lui ai promis de parcourir les dossiers que Mathieu avait constitués sur l'Aviatrice. Elle m'a encore remercié et m'a dit qu'elle ne rentrerait pas ce soir, mais préférait dormir chez son compagnon. Il lui a dit qu'il regrettait de s'être emporté devant moi la veille.

– Vous avez raison… Reposez-vous.

Cette première information qui nous mettait sur la piste de Mathieu allait lui faire du bien. Je lui ai demandé la permission d'héberger la jeune fille gothique de la photo.

– Faites comme vous voulez.

– Merci. Je vous appelle demain.

J'ai raccroché. Je suis parti à la cuisine pour me faire un café. J'ai trouvé une bouteille de whisky et le verre d'Anaïs sur une table basse du salon. J'ai rangé la bouteille dans un placard et déposé le verre dans l'évier de la cuisine. Oppi était sous la table. La gamine avait fait des taches rouges, orange et vertes sur son pelage avec sa teinture à cheveux.

Elle m'a rejoint au salon deux minutes plus tard. Elle était transformée. Teufeuse déjantée durant l'après-midi, ange gothique dans la salle de bains et maintenant poupée bourgeoise. Elle possédait le sens des fringues et un goût sûr pour se maquiller. Elle avait revêtu un pyjama bleu marine, en matière satinée. La veste était ouverte sur un simple tee-shirt blanc. Ses cheveux bruns étaient ramenés sèchement vers la nuque, et son visage, débarbouillé de ses fards, avait une pâleur de porcelaine.

– C'est quoi cette peinture sur le clébard ?

– Ça s'efface avec un coup d'éponge… Je m'ennuyais.

– Tu as fait ce que je t'ai demandé ?

– Oui, j'ai trouvé le site du groupe sur Internet. Il n'y a aucune info sur la fille. Alors, j'ai appelé un pote qui s'occupe des concerts au Printemps de Bourges. Il m'a rappelé une heure plus tard pour me donner le nom et le numéro de téléphone de la fille.

– Merci. Je vais lui téléphoner maintenant.

– Je l'ai fait…

– Et alors ?

– Ça ne répond pas. Je suis tombée sur la messagerie comme si le téléphone était coupé. J'espère que c'est le bon numéro.

– Nous réessaierons plus tard.

– T'as fais quoi, toi ?

– J'ai parlé avec quelqu'un qui a retrouvé la montre de Mathieu sur une route du Morvan.

– Je m'en souviens de sa montre, elle était bizarre.

– Je pars là-bas demain matin.

– Je peux venir avec toi ?

– Non.

– Pourquoi ?

– C'est pas une balade, je vais bosser.

– Je vais faire quoi, moi ?

– Tu rentres chez toi en scooter, ou tu vas au lycée si tu as cours demain.

– T'en as rien à foutre de moi ? Pourquoi tu m'as ramenée ici ?

– Tu étais bourrée, je ne voulais pas que tu rentres chez toi ce soir.

– J'étais pas bourrée ! Et je sais conduire un scooter. Je me casse.

– C'est ça, barre-toi !

– Pédé !

Elle a quitté le salon. Le chien l'a suivie.

– Et nettoie le clébard avant de partir !

– Je m'en bats la fente de ton chien !

– Et tu nettoieras ma bagnole aussi ! Tu trouveras sûrement une serpillière dans la cuisine…

– Je t'emmerde.

Un café corsé ne suffirait pas à me regonfler. Je suis allé chercher le whisky dans le placard, il y avait aussi deux bouteilles de gnôle de fabrication artisanale, un oncle de Mathieu était cultivateur pas loin de là. Le verre des bouteilles était nu, seule une étiquette d'écolier près du goulot précisait avec une écriture manuscrite « Prune » ; l'étiquette de la seconde bouteille était moins bien écrite, « Pomme », comme si les vapeurs du bouillon avaient enivré le bonhomme. J'ai eu envie de boire un verre de gnôle. J'ai goûté la « Pomme ». Un demi-verre. Rhaaaaaa… Bon sang… Y a pas que d'la pomme ! La gnôle du tonton flinguait.

Je suis monté à l'étage, Anaïs n'était pas partie, je l'ai trouvée allongée sur le lit de la chambre d'ami, elle sanglotait. Je suis entré dans la chambre de Mathieu. L'air était confiné. Irrespirable. J'ai fermé la porte et ouvert la fenêtre malgré la nuit froide. L'air frais s'est engouffré, mais j'étouffais encore. Des disques, des photos sur le mur, des cahiers sur le bureau, il y avait trop de vie en suspens dans cette pièce. J'ai pris les dossiers intitulés « Aviatrice » et j'ai quitté la chambre. Anaïs n'était plus sur son lit. Je l'ai trouvée à la cuisine, elle se roulait un joint.

Je me suis assis sur le divan en cuir du salon et j'ai feuilleté les documents. Le premier concernait l'historique de l'aviatrice avec des photos de la pilote, de sa famille, des articles de journaux relatant l'accident, des lettres des parents – Mathieu avait bien travaillé – et le second dossier dévoilait un micmac que ne soupçonnent pas les gens qui passent devant la statue. La sœur de l'aviatrice, auteur de la statue, avait copié le travail d'un artiste contemporain, les plaintes du sculpteur avaient retardé l'inauguration ; ensuite, la mairie avait spolié le terrain d'un voisin pour installer la statue en 1937, procès avec le cadastre, et l'œuvre, considérée comme un symbole américain, avait été renversée par les Allemands pendant la Seconde Guerre mondiale, réinstallée par des résistants, puis à nouveau mise à terre par des jeunes militants endoctrinés par Vichy… Les événements s'étaient succédé jusqu'aux vols de tête qui avaient intrigué Mathieu. Il avait cherché des explications. Les feuilles annotées et datées prouvaient qu'il s'était renseigné sur chaque piste et n'avait pas abandonné, même si les gens refusaient de lui parler ou de le recevoir.

En lisant sa dernière note, écrite une semaine avant sa disparition, j'ai appris qu'il avait essayé de rencontrer un type bien placé aux archives départementales. Ce nom me disait quelque chose. Je me suis souvenu pourquoi en voyant la photo du mec découpée dans un journal récent. C'était un politicard connu dans le coin. Une tête d'affiche, toujours placée, jamais gagnante. Mathieu avait inscrit chacun de ses coups de fil à cet homme. J'en ai compté dix. Sans obtenir un rendez-vous. Je passerai le voir demain aux archives départementales avant d'aller à la cathédrale.

J'ai reposé les classeurs dans la chambre, puis j'ai essayé de joindre l'ex-petite amie de Mathieu avec le numéro de téléphone que m'avait laissé Anaïs. Tombant sur sa messagerie, j'ai raccroché sans laisser d'explications. Ma journée de travail était terminée. Je suis allé prendre une douche bouillante, puis glaciale. Ça m'a remis à neuf. Je me frottais énergiquement avec la serviette quand Anaïs a frappé à la porte.

– Qu'est-ce que tu veux ?

– Ta meuf a téléphoné sur ton portable pendant que tu étais sous la douche. J'ai répondu.

J'ai explosé.

– De quoi tu te mêles ?

– J'ai fait ça pour te rendre service… C'est pas la peine de gueuler… Je pouvais pas savoir que c'était ta femme.

– Qu'est-ce qu'elle a dit ?

Silence.

– Qu'est-ce qu'elle t'a dit ?

– Que t'étais un gros con !

Si je n'avais pas été à poil, je l'aurais poursuivie dans le couloir pour la calotter. J'ai fini de me sécher, me suis rhabillé puis je suis sorti de la salle de bains. Anaïs était devant l'ordinateur et n'a pas tourné le visage vers moi, elle écoutait les titres de musique métal qu'elle téléchargeait.

– Où est-ce que tu as mis mon téléphone ?

– Dans ton cul !

– Réponds !

– Trouve-le tout seul.

J'ai cherché en serrant les poings. Il était sur le lit de la chambre d'ami. J'ai rappelé Cécile. Mon cœur s'est emballé. Pourquoi téléphonait-elle si tard ? Elle a répondu dès la première sonnerie. J'ai distingué des voix derrière elle.

– Tu es où ?

– Dans un nouveau café de Saint-Germain… Un petit endroit chic et tranquille.

Elle ne m'a pas posé de questions sur Anaïs, mais s'est excusée pour son coup de fil brutal de l'après-midi et m'a dit qu'elle s'arrangerait pour être à l'appartement demain quand l'artisan passerait prendre les mesures des fenêtres. Il y a eu un long silence.

– Tu es où ?

– À Nevers.
– Tu rends visite à ta mère ?
– Non, je ne suis pas encore passé la voir.
– T'es vraiment con !
– Ah ! m'emmerde pas avec ça…
– Qu'est-ce que tu fais à Nevers alors ?
– Je recherche Patte-de-Poulet, un môme dont je t'ai déjà parlé.
– C'est ton chef qui t'a envoyé là-bas ?
– Non, c'est une enquête privée.
– Bon sang, mais de quoi tu te mêles !
– Sa mère me l'a demandé.
– Il a fait une fugue ?
– Je ne sais pas… Le gamin a disparu depuis quelques jours, ce n'est pas son genre de faire ça… Et toi, comment ça se passe ?

Elle revenait d'une avant-première. La projection était suivie d'une fiesta branchée. Elle y était restée dix minutes. Inutile qu'elle me décrive l'ambiance. J'avais fait quelques soirées en sa compagnie, les rendez-vous avaient lieu dans des immeubles squattés et redécorés, des merdeux sûrs de leur style collaient au cul de Cécile, des artistes poissards s'approchaient de chaque célébrité, et les types comme moi se foutaient près des fenêtres et buvaient des coupes de champagne ou de l'eau de Seine dans des gobelets en plastique, selon le thème de la soirée. Nous rentrions toujours avant les autres, comme un couple éliminé dès le début d'un marathon de danse.

– Tu dors où ?
– Chez la mère de Mathieu. J'ai pris trois jours de vacances pour l'aider.

– Tu vas quand même passer voir ta mère ?
– Oui, bien sûr.
– J'ai appris que Laure allait déménager, il faut que tu récupères ce qu'on lui a prêté. Un fauteuil, une table et beaucoup de DVD, je crois.
– J'essaierai.
– Débrouille-toi, je tiens beaucoup à mes films, mais je ne veux plus revoir cette garce.
– Je lui demanderai.
– Tu me préviens quand tu rentres, il faut qu'on discute pour savoir ce que l'on fait avec l'appartement et ce qu'il contient.
– J'ai pas envie de réfléchir à ça maintenant.
– Faudra pourtant le faire.
– D'accord.

J'ai raccroché avant qu'on se dise au revoir. Il a fait froid dans la pièce, comme dans la chambre de Mathieu, mais je n'avais pas ouvert la fenêtre cette fois. Depuis deux jours, je prenais un courant d'air dans la gueule à chaque fois que Cécile ouvrait la bouche. Je me suis allongé sur le lit. Les yeux me piquaient, comme si on y avait versé de la gnole de pomme… Je crois que je pleurais. Anaïs a débarqué dans la chambre d'ami.
– C'était ta femme ?
J'ai fermé les yeux.
– Je ne suis pas marié.
Elle s'est assise au pied du lit. Chacun de ses mouvements diffusait une odeur capiteuse. J'ai reconnu le parfum de la mère de Mathieu.
– C'est la femme de ta vie, alors ?
– On est séparés.

– Tu es seul ?

– J'ai pas envie de discuter avec toi.

Elle s'est levée du lit.

– T'es aussi con que les autres… T'as pas envie de discuter ? Et moi, tu crois que j'ai envie de discuter quand les psy et les relous comme toi veulent me faire parler de mes problèmes ?

Elle a quitté la chambre. J'ai pensé : « Excuse-moi, gamine… » Le volume de la musique a augmenté. Elle s'était installée à nouveau devant l'ordinateur. J'ai rouvert les yeux. Le plafond et la lanterne chinoise me sont apparus clairement, mes larmes avaient séché. J'ai quitté le lit et suis allé fermer la porte. Je me suis déshabillé puis j'ai éteint les lanternes chinoises et me suis couché. Je n'avais pas envie de dormir malgré l'épuisement. Je me suis tourné et retourné dans mon pieu comme un steak sur la poêle. Ça avait foiré définitivement avec Cécile, Mathieu restait introuvable, et je doutais d'avoir fait le bon choix en laissant le Sanglier sans surveillance. Je ne pilotais plus rien dans ces histoires.

Quelques minutes plus tard, la gamine a éteint la musique. Ma porte s'est ouverte. Anaïs est entrée. Je l'ai entendue craquer une allumette. Une odeur d'encens s'est répandue dans la chambre. Elle est venue s'allonger à côté de moi. Le mélange de l'encens avec les fragrances de son parfum de luxe, un truc comme Chanel, me tournait la tête. Nous sommes restés quelques instants sans faire un geste, imitant le sommeil, puis mon portable que j'avais posé près d'un bouddha s'est mis à sonner. Anaïs s'est levé tout de suite et me l'a apporté.

C'était un appel de ma mère.

– Qu'est-ce que tu fais ? Tu ne passes pas ?

– Non, désolé…

– Tu aurais pu appeler, je me suis inquiétée.

– Je comprends. Je m'occupe de mille choses. Je n'ai pas pensé à te téléphoner.

– Qu'est-ce qui se passe ?

– Tout va bien. Je suis fatigué, c'est tout.

– Vous n'avez pas retrouvé Mathieu ?

– Non… Désolé, je ne peux pas te parler plus longtemps. Je dois essayer de dormir.

– Tu passeras me voir demain ?

– Bien sûr.

– Quand ?

– Je ne sais pas. Bonne nuit.

J'ai raccroché et reposé le téléphone au pied du lit.

– C'était qui ? a demandé Anaïs.

– Ma mère.

– T'as une mère, toi ?

– Ben, oui… Pas toi ?

– … Non.

Elle a posé sa tête dans mon cou. L'odeur de l'encens avait disparu. Il n'y avait plus que le parfum de sa peau. Elle a bougé et s'est roulée en boule contre moi. J'ai hésité puis l'ai enlacée avec mon bras. Je me suis endormi peu de temps après.

12

Je me suis réveillé seul. Anaïs avait quitté la maison sans laisser de mot. Son pyjama bleu marine était en boule en pied du lit, et j'ai trouvé sa minijupe noire, son teeshirt orange, son collant vert fluo, en vrac, dans la salle de bains. Elle avait sans doute puisé dans la garde-robe de la mère de Mathieu pour se donner un nouveau look aujourd'hui.

Il était à peine huit heures, j'ai décidé de partir déjeuner chez ma mère avant de rejoindre le Sanglier à la cathédrale. Le chien a traîné cinq minutes dans la pelouse, le brouillard masquait l'horizon. L'accident de l'aviatrice s'était produit à cette heure, par un temps grisailleux et brumeux identique à celui-là. La lecture des dossiers la veille m'avait remis ces détails en mémoire. Ça m'a rappelé que je devais passer aux archives départementales afin de rencontrer le politicard qui n'avait pas voulu parler à Mathieu. Ma carte de police m'ouvrirait les portes pour un entretien.

J'ai sifflé Oppi, puis j'ai téléphoné au numéro de Mathieu, à tout hasard. Toujours rien : deux sonneries puis l'appel basculait vers la messagerie. J'ai appelé son ex, la chanteuse, qui n'a pas décroché non plus, j'ai laissé un message : rappelez-moi, c'est urgent. Alex est sorti de chez lui au moment où je m'installais au volant.

– Ça va, Franck ?... C'est qui cette fille qui est sortie de la maison tout à l'heure ?

– Anaïs… La goth.

– C'est vrai ?... Quelle bombe !

– Tu l'as vue ?

– Oui. Je ne l'ai pas reconnue.

– Comment était-elle habillée ?

– Comme la mère de Mathieu le jour où tu es arrivé. J'ai cru que c'était elle.

Je me souvenais : jupe noire collée aux cuisses, chemisier noir et soutif rouge…

– Elle ne t'a pas parlé ?... Tu ne sais pas où elle allait ?

– Non… Elle a couché ici ?

Il m'a fait un clin d'œil. Mon visage s'est fermé.

– Eh ! t'énerve pas… Je disais ça pour plaisanter… Et Mathieu ?

– Rien… Je pars tout à l'heure avec celui qui a trouvé sa montre.

– Tu as retrouvé le type de la fiche ?

– Oui.

– Tu as besoin de moi ? J'aimerais bien faire quelque chose pour aider Mathieu.

– Non, je te remercie.

– Qu'est-ce que je fais du scoot de la fille ?

– Garde-le encore une journée.

J'ai fermé ma portière. Ça puait toujours autant la gerbe. J'ai mis dix minutes pour arriver chez ma mère. Elle habitait un pavillon simple, sans jardin, ni garage. Elle garait sa voiture dehors, une petite Nissan achetée à l'époque où je vivais chez elle.

La municipalité avait fait des travaux dans la rue depuis la dernière fois que j'étais venu. Le bitume de la route était neuf, les trottoirs avaient été élargis pour planter de jeunes arbres encore soutenus par leur tuteur. Ma mère avait repiqué quelques pensées au pied de l'arbre qui était en face de chez elle. Elle m'a accueilli avec le sourire, puis son visage est devenu boudeur…

– Je t'ai attendu hier, j'ai laissé ton couvert jusqu'à minuit.

– Je sais, excuse-moi. Je t'ai dit que j'avais été très occupé.

– J'avais acheté des fruits, du fromage.

– Je suis désolé.

– Tu n'as même pas appelé.

– La recherche de Mathieu me prend beaucoup de temps.

– Tu n'as toujours pas de nouvelles ? Un enfant ne peut pas disparaître comme ça !... »

On a parlé de Mathieu, de ce qui avait pu arriver. Elle n'était pas inquiète, mais je ne lui disais pas tout ce que je savais. J'ai déjeuné seul. Ma mère avait pris son petit déjeuner à 6 heures du mat. Elle passait ses journées à chercher du taf. Elle faisait le tour des annonces pour obtenir des entretiens et déposait des candidatures spontanées. Pas facile de trouver un boulot après cinquante balais. Heureusement, le pavillon était payé, et mon père envoyait du fric régulièrement. Instinctivement, elle a deviné que j'étais en train de penser à lui.

– Tu as des nouvelles de ton père ?

– Non, je ne l'ai pas vu depuis six mois.

Nous avons un seul contact régulier par an. Saint-Étienne-OM. Mon père supporte l'OM, moi, les Verts. Pas besoin d'un coup de fil pour mettre au point le rendez-vous : quoi qu'il arrive, nous nous retrouvons à 17 heures dans un pub, à cinq cents mètres de Geoffroy-Guichard, le stade de Saint-É. Nous discutons en attendant l'heure du match, puis nous partons au stade ensemble. Quand les Verts marquent, je retiens mes cris de joie, et quand l'OM plante un but, il ne gesticule pas comme un sauvage. C'est le seul comportement de tendresse que nous ayons l'un envers l'autre.

Je suis reparti. Ma vieille caisse a démarré au quart de tour, en route pour la cathédrale. Mes doutes se sont amplifiés avant d'arriver : le Sanglier ne sera pas là. Les gargouilles de la tour Bohier, effritées, noircies, par l'érosion et la pollution, m'ont regardé d'un sale œil. Je m'attendais à ce que l'une d'entre elles se décroche et explose mon pare-brise.

J'ai aperçu Thomas qui sortait d'une boulangerie du quartier. Il portait son gros sac de sport en bandoulière sur l'épaule. Sa joue meurtrie par les coups avait enflé sous les poils de sa barbe, le blanc de ses yeux était injecté de sang, mais il marchait normalement. Il avait mis des fringues propres et sa barbe était taillée avec soin. Il a regardé ma caisse avant de monter.

– C'est ta voiture ?

– Oui.

– J'ai passé le permis là-dessus, il y a vingt ans.

– Monte !

Il a mis son sac à l'arrière et s'est assis à côté de moi. Le clébard s'est installé sur ses jambes.

– Ça va ?... Tu n'as pas trop mal ?

– Non.

– On peut acheter quelque chose dans une pharmacie.

– Partons maintenant.

– Il faut que je m'arrête aux archives départementales. Je dois voir quelqu'un.

Il m'a offert un croissant.

– Merci, je viens de déjeuner chez ma mère.

– Ta famille est dans la région ?

– Seulement ma mère.

Il a mangé sans minauder ou se goinfrer, comme s'il avait l'habitude de déjeuner avec des croissants frais.

– Tu te paies souvent des gâteaux ?

– Je suis un « sans domicile », mais je ne suis pas un mendiant. J'ai un peu d'argent… Ma famille a du fric.

Je ne lui ai pas demandé d'explications. J'ai pris la direction des archives départementales, un bâtiment de quatre étages, derrière la préfecture de Nevers. Le parking était plein, je me suis garé dans une rue voisine. Les bordures de trottoirs peintes en jaunes signalaient que c'était interdit mais une dizaine de véhicules stationnaient déjà sur la chaussée.

– Tu m'attends dans la voiture, j'en ai pour dix minutes.

– Si la police municipale arrive pour verbaliser les voitures ?... Ils me reconnaîtront…

– Klaxonne… Je descendrai tout de suite et

j'arrangerai ça.

– Je peux pas rester, ils vont me faire des problèmes !...

– Panique pas, j'en ai pour cinq minutes.

Je suis entré, la moitié des tables de la grande salle étaient déjà prises par des profs, des étudiants et des passionnés de généalogie. Ils consultaient des registres de mairie, des relevés topographiques anciens, des journaux régionaux datant de cent ou cent cinquante ans, gazettes morvandelles, hebdos satiriques ou politiques du Nivernais. La pièce n'avait pas changé depuis que j'y étais venu avec Mathieu afin de regarder les pages de Paris-Centre stockées sur microfilms. Je me suis présenté à l'accueil. La jeune femme qui s'est occupée de moi, une petite brunette souriante, connaissait Mathieu. C'était toujours auprès d'elle qu'il faisait ses demandes. Elle lui donnait la meilleure visionneuse pour les microfilms, ne lui faisait pas payer les photocopies parce qu'il était poli et discret. Je lui ai expliqué les raisons de ma venue, elle n'a pas paru étonnée que je demande à parler au politicard. Elle a dit : « Je vais voir s'il peut vous recevoir », a quitté l'accueil puis est revenue cinq minutes plus tard avec le mec. Il avait la tronche identique au portrait représenté sur les affiches. La discussion a été rapide. Il n'avait aucune raison d'accorder un entretien à ce *gamin*, il s'était intéressé à la statue parce que le Patrimoine lui avait demandé de répertorier toutes les statues du canton, cette histoire de vols de tête était ridicule et ne le concernait pas. L'été, c'est la chaleur qui décolle la tête de la statue, et l'hiver, c'est le gel, et ce sont les voisins qui l'emportent comme un trophée ! Discussion terminée. J'ai senti un coup de nerfs qui m'a donné envie de lui décoller la tête moi aussi. Je me suis calmé.

– J'ai d'autres questions !

– Je n'ai pas le temps de vous répondre.

– Ce jeune a disparu depuis six jours.

– Je ne peux pas vous aider, je ne le connais pas, et je n'ai même pas discuté avec lui au téléphone.

Faux. J'avais trouvé le numéro personnel de ce type dans les dossiers de Mathieu. Il a fait demi-tour, sans me saluer. J'étais prêt à passer derrière le comptoir d'accueil pour le rattraper quand j'ai entendu klaxonner. J'ai reconnu le « Tuuuut » ! foireux de ma voiture. Je suis sorti rapidement du bâtiment, l'employée a dû me prendre pour un fou, et je me suis précipité à l'endroit où nous nous étions garés. Aucun flic autour de la voiture, le Sanglier était toujours sur le siège passager.

– Qu'est-ce qu'il se passe ? Pourquoi tu m'as appelé ?

– Une fille est passée… Elle s'est arrêtée devant la voiture et a demandé à me parler. J'ai baissé la vitre et elle m'a dit que tu étais un salaud et qu'elle allait se tuer !

J'ai pensé à Anaïs.

– Comment était-elle habillée ?

– Comme une belle femme ! Mais je peux t'assurer que c'est une gamine, j'en suis sûr !

– Quelles fringues ?

– Un tailleur. Noir.

– Qu'est-ce qu'elle a dit ?

– Rien… Je t'ai tout répété : t'es un salaud et elle va se tuer !

– Elle est partie par où ?

Il m'a montré une rue en sens unique. Impossible de partir à sa recherche, il m'aurait fallu faire le tour du quartier.

– On part.

Je suis monté dans la voiture. Un véhicule Police-Nationale descendait la rue en roulant au pas au moment où nous démarrions. Il est passé à côté de nous, le Sanglier a gardé la tête baissée, moi, j'ai dévisagé les mecs en chemisette bleue. Un jeune type conduisait, accompagné d'un flic plus vieux à la mine renfrognée. Ils ont continué leur route.

Nous avons quitté Nevers par l'est. Il y avait environ une heure de route jusqu'à Château-Chinon. La jauge d'essence et le compteur de vitesse sont tombés en carafe. Trois coups de poing sur le tableau de bord ont suffi pour qu'ils se remettent à fonctionner.

– C'est qui cette fille ? m'a demandé le Sanglier.

– Une gamine qui s'est trouvée sur mon chemin.

– Pourquoi elle t'en veut ? Elle va vraiment se tuer ?

– Je n'en sais rien.

– Tu veux qu'on fasse demi-tour et qu'on essaie de la retrouver ?

– Non, je ne vais pas passer mes journées à courir après les ados paumés. On va chercher Mathieu.

– T'énerve pas. »

Le ciel nuageux et pluvieux à l'aube s'était éclairci. Une belle journée d'automne s'annonçait. Le Sanglier a reculé le siège pour allonger ses jambes et s'installer confortablement. Oppi s'est couché sur la banquette arrière. La route nous a fait traverser la campagne nivernaise composée de prés dont l'herbe était broutée jusqu'à la racine et de fermes rénovées par des Parisiens. Le Sanglier ne disait pas un mot, et moi, je repensais à mes années d'éducateur de foot. Nous empruntions cette route un samedi sur deux pour aller jouer des matchs à Autun, Dijon, Chalon. Patte-de-Poulet s'asseyait sur le siège passager, à la place du Sanglier, et les autres mômes se mettaient à l'arrière. Ils chantaient à l'aller et dormaient au retour.

J'ai lancé deux ou trois questions pour connaître les origines du fric de la famille du Sanglier : ses parents sont propriétaires d'un bout de vigne sur les coteaux de Beaune, c'est tout ce qu'il m'a dit, puis il a tourné son visage vers l'horizon. Un train passait au milieu des champs avec sa caténaire tendue sous la ligne électrique. Nous avons dépassé une scierie, des grumes gigantesques s'entassaient sur des hectares. Des jets rotatifs puissants les arrosaient. Pendant un long moment, nous n'avons pas traversé de villages, ni de bourgs, nous étions au cœur de champs enclos par des haies tressées selon la méthode traditionnelle, des haies impénétrables, denses, aussi infranchissables que des murs. Nous n'apercevions pas une ferme, ni un silo. Et pas une voiture, comme si la route était coupée à la circulation. Le Sanglier se mouchait souvent, et son mouchoir recueillait des glaires pleines de sang. Lcs hématomes se vidaient. Il respirait mieux. J'ai relancé une série de questions afin d'oublier ce décor ennuyeux.

– J'ai eu des infos sur toi par les flics de Nevers… C'est quoi cette histoire de hache ?

– Du hasch ?

– Non ! Je ne parle pas de drogue… Il paraît que tu te balades avec une hache…

– Quels nazes !... J'ai squatté plusieurs jours au camping de Nevers. J'ai emprunté une hachette à un type pour couper un peu de bois et me faire un feu, et les flics municipaux sont arrivés pour me virer. Ils ont cru que j'allais me défendre avec la hache.

– Oui…

– Tu ne me crois pas ?

– Si. Ça ne m'étonne pas.

– Tu as déjà été aussi con qu'eux ?

– On ne fait pas le même travail. Je ne fais pas d'arrestation, je n'ai pas à juger les gens sur leur mine.

– Tu fais quoi ?

– Police scientifique… Il n'y a plus rien de vivant quand j'arrive. J'ai une procédure à appliquer, des tâches précises. C'est de la technique.

– T'aimes ça ?

– Non, mais ça m'empêche pas de le faire bien.

– Tu vas continuer ?

– Je ne sais pas… Les cadavres s'accumulent, j'ai l'impression que ça ne me fait rien, j'en ai parlé à un psy, il dit que c'est normal, que le cerveau humain sait se protéger, mais je pense que je vais bientôt arriver au cadavre de trop.

– T'es jamais écœuré par ce que tu vois ?

– C’est pas l’horreur des crimes qui nous fait flancher. La dose est dépassée depuis longtemps. On flanche parce qu’un jour, on est fatigué, fragile, stressé.

J’ai dégluti, mes oreilles bourdonnaient, l’altitude augmentait doucement. Nous approchions des premières pentes du Morvan. J’ai repris :

– J’ai un collègue qui vient de craquer à cause d’une pute trucidée, rien d’extraordinaire, un coup de surin, mais la fille portait les mêmes bracelets que sa femme. Le mec a quitté la police.

– Et toi, t’as jamais craqué ?

– Une fois, je suis presque tombé dans les vaps… Une nana, morte depuis trois jours. On l’a retrouvée à poil près de la fenêtre. Son corps qui était resté à l’ombre était intact, mais sa tête qui avait pris trois jours de plein soleil grouillait de vers, il en sortait par la bouche, par les narines, par les yeux…

– T’as bossé sur des *serials killers* ?

– Dans mon arrondissement, on a seulement des crimes de la misère, misère sociale, misère sexuelle… Beaucoup d’homos et des toxicos. Des dealers qui zigouillent un mauvais payeur, des règlements de compte entre amants gays. Des choses que je n’avais pas dites à Cécile.

– … Et toi, pourquoi tu en es là ?... Tu sais que tu es surnommé le Sanglier, même sur la fiche de recherche des flics ?

– Je le sais, je m’en fous…

Il s’est mis à tousser, a ouvert la fenêtre pour cracher ses glaviots. Il portait de nouveau un masque grimaçant.

13

Après trois quarts d'heure de route, les prés ont laissé la place aux premières forêts du Morvan, des massifs de résineux essentiellement. Nous avons pénétré dans une nuit végétale, un univers froid, sombre et inquiétant. L'étymologie celtique du mot « Morvan » veut dire, il me semble, montagne noire. Pas de pics ici – le plus haut sommet fait 901 mètres – mais c'est le putain de climat qui évoque la montagne : l'hiver dure la moitié de l'année, il fait nuit tôt, il fait froid tout le temps, la pluie remplace la neige, et vice versa. Même l'été, le brouillard ne se lève pas souvent avant midi.

Nous emmenions les gamins en stage pendant les vacances scolaires dans un bourg, Moux-en-Morvan, qui possédait un terrain de foot. Nous nous enfermions dans nos gîtes après cinq heures de l'après-midi, parce qu'à la nuit tombée, les forêts commençaient à raconter des légendes anciennes et effrayantes. La vieille épicière qui nous avait accueillis à la descente du car lors de notre premier séjour avait déclaré : « Bienvenue au pays des démons et des ours… Ma grand-mère est morte du choléra dans cette maison… » en nous montrant notre gîte.

Le Sanglier s'est tourné vers moi, nous partagions la même impression. La mince bande de ciel quc nous pouvions apercevoir au-dessus de nous s'était obscurcie. J'ai allumé mon phare. Mon portable a sonné, j'ai pris la communication en conduisant. Le réseau passait très mal, la voix féminine qui appelait était parfois coupée.

– Qui êtes-vous ? ai-je demandé.

– C'est à moi de vous poser la question ! Qui êtes-vous, bon sang !?... Vous avez essayé de me téléphoner hier, et vous n'avez même pas laissé de messages.

C'était l'ex-petite amie de Mathieu. Je me suis arrêté sur le bas-côté de la route et je suis sorti de la voiture en espérant que la réception serait meilleure.

– Excusez-moi… Je me présente, je suis Franck Bostik, un ami de Mathieu. On n'a aucune nouvelle depuis cinq jours.

– Oh !...

– Est-ce que vous savez où il est ?

– Non… On aurait dû se voir la semaine dernière.

– Expliquez-moi ça, s'il vous plaît. C'est important.

– Je vous entends très mal.

– Moi, je vous entends… Racontez-moi ce que vous savez.

– Je fais partie d'un groupe de métal, et on devait jouer dans un pub. À Corancy, un patelin dans le Morvan.

Je connais ce café, *La Vieille Vielle,* qui organise des concerts de musiques traditionnelles ou de rock. Un lieu fréquenté par les écolos du Morvan ou les métalleux du département.

– C'était jeudi dernier ?

– Oui.

– Vous avez vu Mathieu là-bas ?

– Mais qu'est-ce qu'il se passe ? Qu'est-ce qu'il a fait, Mathieu ?

– Rien, ne vous inquiétez pas. Dites-moi ce que vous savez, s'il vous plaît.

– Nous sommes tombés en panne à mi-parcours avec notre camionnette. On a téléphoné au patron pour annuler.

– Vous avez téléphoné à Mathieu ?

– Vous pouvez répéter ?... J'entends mal…

– Vous avez téléphoné à Mathieu ?

– Pas le soir même. Je n'y ai pas pensé, on était trop énervés… Quand j'ai pensé à le prévenir, ça n'aurait plus servi à rien, il était déjà 20 heures, Mathieu devait être déjà là-bas pour assister aux premiers concerts de la soirée, j'ai essayé de l'appeler le lendemain, je voulais m'excuser, mais personne n'a répondu.

– Et depuis, il ne vous a pas contactée ?

– Non…

– Il vous avait parlé de ses projets ou de quelque chose qui expliquerait qu'il soit parti ?

– Non. On devait se voir après le concert, mais on avait peu de temps parce que son train partait à 23 h 30.

– Je vous remercie de m'avoir répondu. Gardez votre portable avec vous, s'il vous plaît. J'aurai peut-être besoin de vous poser d'autres questions durant la journée.

– Pas de souci, rappelez-moi dès que vous avez du nouveau.

Toutes les informations menaient à la *montagne noire* où Mathieu s'était volatilisé. J'étais inquiet. Nous savions pourquoi Mathieu était venu jusqu'ici en train qu'il avait voulu en repartir par le train et qu'il l'avait raté. Après, nul ne savait ce qu'il avait fait. Une piste en pointillés conduisait à la montre, mais le Sanglier disait-il la vérité ?

Absorbé par ma conversation avec l'ex-petite amie de Mathieu, j'avais enjambé le fossé de fougères et m'étais éloigné dans la forêt. Je ne voyais plus la voiture. Je ne savais même plus dans quelle direction elle était. J'ai sifflé plusieurs fois. Le chien est arrivé. Devant moi, une parcelle d'épicéas venait d'être abattue. Un grand chemin de débardage ouvrait une tranchée dans la forêt qui permettait aux engins mécaniques de transporter les grumes. Cette zone exploitée offrait une vue sur l'horizon. Aussi loin que je pouvais voir, les forêts étaient constituées de résineux. Il n'y avait pas un bois de feuillus, alors qu'au début du siècle, les trois quarts de la forêt étaient composés de hêtres, de chênes, de bouleaux… Les épicéas et les pins Douglas étaient aujourd'hui plantés en rangs sur des milliers d'hectares, propriétés de grands groupes bancaires et d'assurances qui ont investi ici pour bénéficier de profits rapides : ils font une coupe à blanc sur toutes les hêtraies et les chênaies afin d'obtenir une première plus-value avant de planter des résineux à croissance rapide sans se soucier de l'écosystème. Les plantations serrées prolongent l'enneigement au sol où les aiguilles des résineux créent un humus acide. La flore herbacée et arbustive disparaît peu à peu, les mammifères et les oiseaux désertent le coin… comme le feront les grands groupes dès que les sols épuisés ne seront plus rentables. Je crois que la vieille épicière de Moux-en-Morvan parlait de ces parcelles et de ces banquiers quand elle évoquait le pays des démons.

Le chien m'a reconduit à la voiture. Le Sanglier n'était plus là, je l'ai vu sur la route. Il marchait en direction d'une aire de repos. Je me suis mis au volant et je l'ai rejoint. Je me suis garé près de la table en bois. Le Sanglier s'est assis sur le banc.

– J'avais besoin de marcher… Tu as appris quelque chose sur ton ami ?

Il est venu assister à un concert à Corancy.

– Je connais ce bar. Et alors ?

– Rien…, la fille n'en sait pas plus. Nous partons dans cinq minutes vers l'endroit où tu as trouvé la montre.

Je suis allé chercher deux bières dans mon sac. Le Sanglier a refusé de boire. J'ai bu la première bouteille, la bière était tiède, et j'ai remis la seconde dans le sac. Nous sommes repartis.

– C'est loin d'ici ?

– Nous y serons dans une dizaine de minutes.

Depuis que nous étions entrés dans le parc naturel du Morvan, nous avions croisé peu de véhicules. Un transporteur de lait, un livreur du *Journal du Centre* qui approvisionnait les dépositaires dans les hameaux, un apiculteur au volant d'une voiture décorée de ruches et peinte à son nom « Morvan-miel » et des Hollandais qui repeuplent les bourgs depuis l'exode des ruraux vers les grandes villes. J'ai pensé qu'il me faudrait interroger ces professionnels : le laitier, l'apiculteur et le livreur de journaux parcourent les routes du coin tous les jours et devraient se souvenir de Mathieu s'ils l'avaient croisé sur leur chemin.

Le ciel était d'un gris sombre. En bordure de la route, les branches basses des épicéas n'avaient jamais été élaguées, il semblait impossible de s'enfoncer dans la forêt tellement les frondaisons des arbres se mêlaient les unes aux autres. Nous avons roulé cinq kilomètres, traversé Planchez, Anost, la route était devenue sinueuse.

– C'est ici.

– Tu es sûr ?

J'ai stoppé la voiture sur le bas-côté, nous sommes descendus, j'ai marché derrière le Sanglier qui m'a emmené à une centaine de mètres de là. Il observait les arbres. Nous étions en pleine forêt. Il s'est arrêté au milieu de la chaussée.

– C'est là, environ… à dix mètres près.

– Comment peux-tu être sûr que tu as trouvé la montre ici ?

– J'en avais marre de marcher, je me suis reposé sur ce talus.

Il a indiqué un petit monticule de terre.

– Je suis resté une heure assis sur ce tas, j'ai eu le temps d'observer le coin en détail.

– C'était quand exactement ?

– Vendredi, il était midi. Il n'y avait personne sur la route. J'ai vu passer cinq voitures seulement.

– Essaie de préciser l'endroit où tu as ramassé la montre… C'était de quel côté ? Sur la route ? Dans l'herbe ?

– Non, au pied d'un sapin, de l'autre côté du fossé.

– Tu te souviens de quel arbre c'était ?

– Non… C'était sur la droite de la route, à une vingtaine de mètres du tas de terre.

À partir de cet instant, je suis redevenu un flic de la police scientifique, qui a travaillé sur une cinquantaine de scènes de crime de sang, a inspecté un millier de vols avec effractions… Dix pour cent des empreintes que j'envoyais m'étaient retournées avec une correspondance : un délinquant fiché. Un record inégalé dans la brigade. Aujourd'hui, je n'étais pas devant une porte forcée ou dans un salon aux murs éclaboussés de sang, mais face aux 120 000 hectares de forêts du Morvan ! La *montagne noire* conservait des légendes, des secrets, César, qui a emmené ses légions jusqu'ici, en a révélé une partie dans la *Guerre des Gaules*, et les bois nous racontaient le reste, au Sanglier, à moi, aux Hollandais, à tous ceux qui traversaient l'obscurité glaciale du lieu.

J'étais certain de trouver. J'ai avancé à petits pas, tête baissée, la lumière de ma lampe torche dirigée vers mes pieds, je mettais un genou à terre dès que je rencontrais quelque chose, de l'herbe foulée, une empreinte de pas, un débris translucide – du verre ? du plastique ? – et j'essayais de comprendre si celui qui avait foulé l'herbe ou posé le pied sur le bord poussiéreux de la route était Mathieu, ou s'il avait un rapport avec lui. Le Sanglier m'a demandé comment il pouvait m'aider ?

– Ne touche à rien. Fais le silence.

– Impossible. Ça fait une heure que tu cherches

seul. Je ne peux plus rester là à te regarder.

– Repasse derrière moi. C'est tout.

Tout individu se déplaçant dans un milieu laisse des traces, c'est la première phrase que l'on nous a fait noter sur nos cahiers de cours pendant notre formation. Je l'ai vérifié dans presque toutes mes enquêtes. Je me suis répété cette règle à chaque fois que j'ai fait demi-tour pour repartir sur une nouvelle ligne de mon quadrillage de cette scène de recherche. Un bois, un jardin sont des lieux intéressants si l'on arrive à délimiter une zone. Il y a trop de meubles, de recoins inaccessibles dans un appartement, une plinthe, une latte de parquet ou un lé de moquette suffisent à cacher les traces d'un crime. Les scènes en forêt sont moins complexes à étudier, suffit d'ouvrir l'œil et de chercher ce qui est *contre-nature*…

Plusieurs voitures sont passées, je n'ai pas levé la tête, le Sanglier m'a parlé, je ne l'ai pas écouté. Mon regard s'est arrêté sur chaque caillou, chaque brin d'herbe, j'ai écarté les fougères avec prudence, j'ai soulevé les branches basses des sapins. Et j'ai trouvé ! Ce que la forêt a voulu me montrer : d'abord une capote neuve, dans son emballage d'alu. De marque Durex. Impossible de dire si elle appartenait à Mathieu, je n'avais vu aucun préservatif dans sa chambre. J'ai concentré mes recherches autour du point de découverte du préservatif, et j'ai découvert deux minuscules morceaux de plastique noir que l'on aurait pu confondre avec des cailloux couverts de goudron, puis un petit morceau de plastique blanc d'à peine un centimètre de longueur, à moitié enfoncé dans la terre du fossé entre les pousses de fougères. Mon sang s'est figé. Le Sanglier qui m'a vu ne plus bouger s'est approché de moi.

– Qu'est-ce qu'il y a ?

– J'ai trouvé ça.

– C'est quoi ?

– Une puce de téléphone.

J'étais certain qu'en cherchant plus attentivement dans ce coin, je trouverais d'autres morceaux appartenant à un téléphone portable, mais je n'avais qu'une idée en tête, trouver le propriétaire de la puce. Un logo indiquait que c'était un abonnement Bouygues, l'opérateur auquel Mathieu était abonné. J'ai installé la puce dans mon portable, il m'a demandé le code PIN pour accéder au service… J'ai tapé les chiffres les plus simples, 0000. Échec… Je disposais de trois tentatives, si je me plantais au dernier essai, le téléphone se bloquerait. Inutile de réfléchir aux combinaisons possibles choisies par Mathieu, si c'était bien son téléphone. Il y en avait des centaines, il fallait avancer au pif. Sa date de naissance : 31 mai. 3105. Échec.

– Range-toi !

Le Sanglier m'a poussé sur le bas-côté, j'avais le regard fixé sur le portable et m'étais écarté sur la route sans m'en apercevoir. Une voiture m'a frôlé. C'était la camionnette du fabricant de miel. Ça faisait deux fois qu'il passait. Ce mec bossait dans le coin, il serait intéressant de lui parler. Il avait pu remarquer quelque chose de suspect.

– Il y avait un nom ou une adresse sur la camionnette ?

– Oui, « Morvan Miel », route de Saint-Brisson.

– Tu connais ?

– Ce n'est pas loin, c'est un trou encore plus paumé qu'ici. On y accède par de toutes petites routes, presque des chemins.

Le Sanglier m'a donné l'adresse exacte inscrite sur la voiture, je l'ai mémorisée. J'ai essayé un dernier code sur le portable, 1934, l'année du crash de l'aviatrice. L'écran s'est allumé. Bingo ! Mais ce pouvait être un code mis en place par n'importe qui. Il m'était impossible d'accéder au répertoire, la liste des appels reçus ou envoyés s'était effacée automatiquement. J'ai téléphoné tout de suite à Cécile à partir de cette puce.

– Cécile ! Me pose pas de questions, s'il te plaît, dis-moi juste quel numéro s'affiche sur ton portable quand j'ai appelé ?

– Il n'y en avait pas… Appel masqué.

J'avais oublié que mon portable était réglé sur cette fonction. J'étais trop énervé pour rentrer dans les programmes du téléphone et modifier l'option maintenant.

– Téléphone-moi tout de suite à ce numéro !

– Pour quoi faire ?

– T'occupe !

Je lui ai donné le numéro de Mathieu.

– C'est important, je suis vraiment inquiet pour lui.

– Tu n'as pas encore retrouvé sa trace ?

– Non !… Je suis peut-être sur une piste avec ce que je viens de trouver.

– Faut avertir la police, les journaux. Tu ne vas pas partir tout seul à la recherche d'une personne qui a disparu. Même si tu la connais !

– Fais ce que je t'ai dit, s'il te plaît !

– J'appelle tout de suite… Et je passerai à l'appartement pour recevoir les artisans comme la proprio l'a demandé.

– C'est gentil.

– J'en profiterai sûrement pour prendre encore quelques affaires qui sont à moi.

– Fais comme tu veux.

– Tu rentres quand ?

– Je ne sais pas encore… Appelle-moi vite.

Mes mains tremblaient. Le Sanglier me regardait comme si j'étais fou. Après cinq minutes d'attente, le portable n'avait toujours pas sonné. Cette puce n'appartenait pas à Mathieu.

Je me suis dirigé vers la voiture pour boire une bière. Au moment où j'ai posé le portable sur le capot, il s'est mis à biper. Une fois, deux fois, trois fois… Ça n'arrêtait pas. Des messages arrivaient ! J'ai écouté la messagerie : *vous avez reçu 31 appels ! Pour écouter « tapez 1 »*… J'ai tapé 1, et j'ai entendu ma voix, puis celle de Mathilde Lechartier…

C'était la puce du téléphone de Mathieu, sa messagerie livrait les appels reçus depuis une semaine. J'ai raccroché et appuyé mon front contre le toit de la voiture. Le téléphone a sonné à nouveau, j'ai reconnu le numéro de Cécile sur l'écran. « O.K., Cécile, merci. » et j'ai coupé sans rien ajouter. J'ai reposé mon front sur le toit, puis j'ai vomi une bile jaunâtre. Je me suis essuyé les lèvres avec la manche de ma chemise et j'ai donné un coup de pied dans ma portière. Le chien a hurlé dans la voiture. Le Sanglier est arrivé vers moi en courant.

– Qu'est-ce qui se passe, Franck ?... Tu as appris quelque chose ?

Il s'était passé quelque chose sur cette route. La montre, la puce de téléphone, le débris de plastique translucide qui correspondait peut-être à un éclat de l'écran du portable… Un accident de voiture ? Il n'y avait aucune trace de freinage sur l'asphalte. Qu'est-ce que je trouverais si je pénétrais derrière le rideau des arbres ?

14

Ça me surprenait maintenant : le silence. Nous aurions dû entendre des cris d'oiseaux, des battements d'ailes, des bourdonnements d'insectes, le craquement du vieux bois sous le pas d'un blaireau, mais la faune était silencieuse, même nous, les hommes, Thomas et moi, étions atones depuis un moment.

La vie ici était uniquement végétale.

Les trente et un messages sur la puce du téléphone ne m'avaient donné aucune information. Le plus ancien datait de jeudi dernier, à 20 heures, Mathieu n'avait pas répondu, il devait être occupé par le concert. Sa mère avait laissé deux ou trois messages par jour, les autres appels venaient de moi, de son ex et de potes. Il ne restait aucune trace des autres coups de fils passés ou reçus par Mathieu, la carte SIM ne les conservait pas. Il me faudrait passer par son opérateur pour connaître l'identité de ses derniers correspondants.

J'ai écouté les messages une seconde fois. Rien. On pouvait encore espérer qu'il ait suivi une roadeuse après le concert à *La Vieille Vielle*, ces nanas qui bossent avec les groupes de rock, et sont chargées de la bouffe, de l'administratif et d'un peu de technique, mais je n'y croyais pas. Durant cette semaine, il aurait trouvé le temps d'appeler ou d'envoyer un mail depuis n'importe quel ordinateur. J'ai vomi à nouveau, replié sur moi, un filet de bave est resté suspendu à mes lèvres, mon bide était parcouru de crampes. Quand je me suis relevé, j'ai eu envie de hurler. Cette putain de forêt me rendait maboule. J'ai sorti mon flingue, le Sanglier a écarquillé les yeux, et je me suis engagé dans le bois et bam ! bam ! bam !... L'écho des tirs a persisté de longues secondes, pas un oiseau ne s'est envolé.

Quand j'ai ouvert ma main qui s'était crispée sur la crosse, j'ai senti des fourmis dans mes doigts.

Je suis revenu à la voiture, le Sanglier était assis à sa place, la tôle de ma portière était enfoncée à l'endroit où mon pied avait porté.

Il était temps d'aller à Château-Chinon pour déposer le Sanglier à la gare, puis poursuivre l'enquête en questionnant les gens qui habitent dans le coin. Si ça ne donnait rien, je retournerai là-bas à 23 heures, heure à laquelle Mathieu avait quitté la gare, pour avoir toutes les chances de rencontrer les deux ou trois noctambules habitués à fréquenter le lieu à ce moment de la soirée, comme je l'avais fait à Nevers au *Café de la Paix*. Entre-temps, il me faudrait aller à *La Vieille Vielle* pour interroger les serveurs et les clients.

Je me suis mis au volant, j'ai posé mon flingue dans la boîte à gants, j'étais incapable de dire combien j'avais tiré de balles. Mes oreilles sifflaient, ce qui n'était pas dû à l'altitude, mais aux déflagrations de l'arme.

Nous avons roulé en direction de Château-Chinon. J'ai jeté un œil à mon portable, la réception était nulle. Ça m'arrangeait. Je n'avais pas envie de parler de ma découverte à la mère de Mathieu. J'ai aperçu un panneau qui indiquait la direction de Corancy, le bourg où est située *La Vieille Vielle*. Il précisait que c'était à deux kilomètres d'ici. Je me suis engagé sur cette route. Le bar-concert était dans la rue principale Nous nous sommes garés à une centaine de mètres de l'entrée, face à une boulangerie dont la vitrine proposait des pains de campagne extraordinaires, des miches mordorées et poudrées de farine… pour le folklore. Les touristes et les Hollandais sortaient de la boutique les bras chargés de miches, tandis que les gens du coin achetaient leur baguette à la supérette voisine de *La Vieille Vielle*.

Nous sommes entrés dans le bar. Deux types balayaient la salle, les tables et les chaises étaient entassées sur un côté. Il s'était déroulé une soirée « celte » la veille d'après une affiche. L'un des hommes était le patron, je lui ai montré ma carte de police et une photo de Mathieu. Il a dévisagé le Sanglier, j'ai eu l'impression qu'ils se connaissaient. Comme je m'y attendais, il n'a pas reconnu Mathieu. Il y avait plus de trois cents personnes aux concerts ce soir-là, les jeunes étaient rassemblés sous un Barnum monté à l'extérieur du bar, dans une cour. « Ça entrait, ça sortait… » nous a expliqué le patron qui était au service derrière le bar, il lui fallait changer les fûts de bière « pression » toutes les trente minutes, gérer les pépins techniques à cause des groupes qui emploient du matériel électrique trafiqué, faire le service d'ordre quand les spectateurs dansaient le pogo près de la scène… Mais il m'a affirmé que le groupe de l'ex de Mathieu avait joué.

– Nous n'avons eu aucune annulation !

C'était le premier indice « humain » : la fille a menti. Pourquoi ? Le patron nous a payé une bière puis il est retourné balayer sa salle. Après avoir montré la photo de Mathieu aux employés du bar, sans succès, j'ai demandé la liste de tous les groupes qui avaient joué, leurs coordonnées, et les noms et adresses des techniciens qui ont posé du « son » et fait la lumière des concerts. Une fille est venue nous apporter les informations une demi-heure plus tard. Entre-temps, le patron nous avait servi une seconde bière, une Guiness d'une jolie couleur brune. J'ai avalé ça comme un diabolo-menthe. Le patron m'en a servi une autre. C'était bon de tremper mes lèvres dans la couronne de mousse crémeuse et d'avaler les *premières gorgées de bière* !...

J'avais fait « parler » la puce en écoutant le répondeur de Mathieu, je devrai faire parler la chanteuse maintenant. J'ai pris la direction de Château-Chinon, la route tournait sans cesse, la voiture sortait de sa trajectoire quand nous roulions à la corde.

– Ralentis, Franck, m'a dit le Sanglier.

J'ai levé le pied, les Guiness m'avaient grisé. Nous sommes arrivés à Château, j'ai déposé le Sanglier à la gare et je suis allé acheter un billet en me présentant au chef de gare. Il m'a demandé si j'avais retrouvé le jeune homme disparu, je lui ai dit que non mais que j'allais me balader dans le coin pour poser des questions.

– Je vais essayer de vous aider.

Il est allé sur son ordinateur et a imprimé la photo de Mathieu que je lui avais envoyée par mail. C'était celle qui m'avait semblé la plus récente, il y était en compagnie d'Anaïs. J'avais isolé le visage de Mathieu avec un logiciel de retouche et agrandi l'image. Seul son regard me rappelait le môme que j'avais connu. Le chef de gare l'a collée contre la fenêtre du guichet.

– Peut-être que des voyageurs nous apprendront quelque chose.

– Je vous remercie.

J'ai rejoint le Sanglier sur le quai, il avait posé son sac à ses pieds. Je lui ai donné son billet. Un train pour Dijon arrivait dans moins de vingt minutes.

– Je peux rester t'aider si tu as besoin. Je partirai plus tard.

– Non, c'est mon boulot.

– Ça m'ennuie de te laisser chercher tout seul.

– Je vais poursuivre les deux ou trois pistes que l'on a, puis je donnerai mes infos à la gendarmerie. Je dois retourner à Paris.

Nous nous sommes salués. Il a ouvert des yeux tristes.

– Bonne chance, a-t-il dit.

En quittant le hall de la gare, j'ai regardé le visage souriant de Mathieu collé à la vitre du guichet. Son regard présentait le même principe énigmatique que celui de la Joconde : elle nous regarde quel que soit l'endroit où l'on se place ; les yeux de Mathieu m'ont suivi jusqu'à la sortie. Le chef de gare avait scotché une affichette au-dessus de la photo : *Personne disparue, vue pour la dernière fois à Château-Chinon, le 12 octobre. Si vous avez des informations, appelez le 06…*, c'était mon numéro de téléphone. Je me suis souvenu à cet instant que c'était la puce de Mathieu qui était dans mon portable, et non la mienne. Je les ai interverties. Je n'ai trouvé aucun appel sur ma puce, ce n'était pas surprenant, le réseau de réception était faible, même sur les hauteurs de Château.

Un type m'a interpellé au moment où je sortais de la gare.

– Hey, Franck !

Philibert, le tondeur de moutons ! J'avais oublié que ce mec vivait ici. C'était l'entraîneur de l'équipe de foot de Corancy, nous nous étions connus pendant un stage d'entraîneur de jeunes. Philibert est un type charismatique et joyeux, passé par mille métiers, videur de boîte, routier…, avant de devenir tondeur de moutons. Ça m'a fait chaud au cœur de retrouver ce gars. Il m'a amené dans un bistrot et nous nous sommes accoudés au zinc pour boire un demi. Il y avait deux serveurs, des jumeaux d'une cinquantaine d'années, l'un portait un tee-shirt noir « Johnny Hallyday », l'autre un tee-shirt noir « Marylin Manson »… De faux jumeaux, sûrement. C'est Johnny qui nous a servis.

– J'ai appris que tu avais quitté le foot pour devenir flic à Paris.

– Oui. Et toi ?

– Je suis maître nageur à la piscine maintenant, et j'entraîne l'équipe de Château.

– Tu ne tonds plus les brebis ?

– J'ai abandonné !... Trop dur d'engager un courseur… Les jeunes trouvent ça trop fatigant.

Tu m'étonnes, j'avais attrapé les moutons pour lui chez un éleveur du coin, je m'étais coltiné trois cents moutons dans la journée, des bestioles nerveuses et vives qui braillaient dès qu'on leur choppait une patte. Il m'avait fallu une semaine pour récupérer et oublier la gueule de l'éleveur qui se marrait à chaque fois que je prenais une gamelle en ratant le mouton.

Je lui ai parlé de la disparition de Mathieu. Son visage s'est refermé pendant que je lui racontais l'histoire.

– J'ai sûrement rencontré ce jeune avec son équipe sur les terrains, mais je ne vois pas quelle tête il a.

– J'ai des photos de lui dans la voiture.

– Qu'est-ce que tu vas faire ?

– Interroger les gens encore…

– Je pourrais t'aider, je connais tout le monde ici, les maires de toutes les communes, les flics, les commerçants et mêmes les bracos qui traînent encore dans les bois. Je t'appelle dès que j'ai une piste intéressante.

Il a demandé à Johnny une feuille et un stylo et il m'a donné son numéro de téléphone griffonné sur le morceau de papier.

– Est-ce que tu connais un producteur de miel qui habite route de Saint-Brisson ?

– Berdin ?

– Je ne sais pas, il conduit une camionnette blanche, au nom de « Morvan Miel ».

– C'est lui… Il est mêlé à ça ?

– Non, mais je voudrais lui parler.

Je lui ai expliqué sur quelle route nous avions trouvé la montre

de Mathieu.

– Ce type a des ruches par là-bas ?

– Pas du tout ! Il n'y a plus un seul petit propriétaire dans ce coin. Le miel de sapin a un goût typé qui déplaît et qui n'a pas l'appellation « Parc Naturel du Morvan ». Il fait du miel « toutes fleurs » récolté dans des prairies, ses abeilles vont chercher le miellat sur les arbres fruitiers, les ronces, le trèfle… Mais il n'habite pas loin.

– Il a des employés ?

– Non, il travaille seul. Son fils l'aidait, mais il a quitté la région, il est près de la frontière Suisse, je crois, maintenant… Tu m'excuses, il faut que j'aille travailler. J'ai un groupe de scolaires qui arrivent dans une demi-heure.

– Je t'accompagne jusqu'à la piscine.

Il a payé les bières et nous sommes sortis. Le serveur Manson nous a dit « au revoir » en agitant son torchon à vaisselle. En sortant dans la rue, j'ai aperçu le chef de gare qui me faisait de grands signes de la main depuis le hall de la gare. Je suis allé vers lui, Philibert s'est dirigé vers la piscine. Le chef était excité :

– Une voyageuse a vu le jeune homme que vous cherchez. Jeudi soir, vers minuit. Il faisait du stop à la sortie de Château.

– Où est cette femme ?

– Elle vient de partir avec le train. Désolé, elle ne pouvait pas attendre…

Elle avait sûrement pris le même train que le Sanglier.

– Elle m'a tout raconté et j'ai son numéro de téléphone... Elle a reconnu la photo.

– Qu'a-t-elle dit ?

– Elle l'a croisé sur le bord de la route en rentrant à Château dans la nuit de jeudi à vendredi, sur la départementale 978. Il était minuit d'après elle. Je pense qu'il venait de quitter la gare.

– Elle est sûre que c'était lui ?

– Oui, elle a ralenti et s'est mise en pleins phares tellement elle a été surprise... Votre ami prenait des risques en marchant ainsi dans la nuit au milieu de la chaussée, elle a failli le renverser.

J'ai noté le numéro de téléphone de la femme et j'ai laissé le chef de gare rejoindre son guichet. J'avais des idées sinistres en tête. Un autostoppeur sur une route de campagne non éclairée, un portable fracassé, une montre cassée. Il existait un moyen rapide pour confirmer la thèse. Les pare-brise explosent presque à chaque fois qu'une voiture heurte violemment un homme ou un gros animal. Le chauffeur peut continuer de conduire avec un phare cassé, ou redresser une aile enfoncée, mais il aura besoin d'un professionnel pour retaper son pare-brise. Si Mathieu avait été victime d'un accident, le conducteur aurait dû passer par un pro.

Je me suis rendu à la petite poste ouverte entre midi et quatorze heures et me suis installé devant la borne minitel pour trouver les coordonnées des réparateurs de pare-brise. La liste faisait deux pages, il faudrait du temps pour contacter tout le monde. J'ai téléphoné aux cinq premiers numéros. Des boutiques d'ici. Il n'y avait eu qu'un pare-brise brisé – un bus scolaire transportant des mômes – les autres réparations étaient des retouches après une légère fissure ou un éclat sur le verre. Ça m'a rassuré. J'ai cherché le numéro de la voyageuse que j'avais enregistré dans mon portable et je l'ai appelée.

– Bonjour, je m'appelle Franck Bostik, je suis le policier qui enquête sur la disparition d'un jeune homme. Le chef de gare de Château-Chinon m'a donné votre numéro…

Elle s'est montrée disponible et aimable. C'était une jeune prof nommée sur deux villes, un collège à Château et l'autre à Nevers. Nous avons réussi à définir l'heure précise à laquelle elle a croisé Mathieu. 23 h 15. Faisait-il du stop ? Avait-il essayé de l'arrêter ? Donnait-il l'impression de fuir ? D'être saoul ? Inquiet ? Non, elle l'avait trouvé normal, mais elle avait eu très peur en le voyant surgir dans la nuit. Je lui ai encore posé deux ou trois questions mais elle m'avait déjà dit tout ce qu'elle pouvait m'apprendre. Je l'ai remerciée et lui ai souhaité bon voyage. Elle se rendait à Dijon pour passer le week-end avec son mec.

Je suis retourné à ma voiture et j'ai sorti Oppi. Il était quatorze heures trente, je n'avais pas déjeuné. La ville est bâtie sur le sommet d'une colline, toutes les rues suivent des pentes tortueuses qui doivent décourager les cyclistes. J'en ai eu marre d'avancer sur la chaussée inclinée, je suis entré dans le premier café-restaurant. Oppi m'a suivi. La patronne m'a installé dans le bar.

– Il n'y a plus de places à côté ? ai-je demandé en indiquant la salle de restaurant.

– Non.

Avant d'entrer dans le boui-boui, j'avais jeté un œil par la fenêtre et remarqué que la salle resto était à moitié vide. Je n'ai pas contredit la femme, qu'elle se garde ses couverts à poinçons, ses serviettes brodées, et sa tête de biche – je ne parle pas de la tronche de la patronne, mais d'une tête empaillée accrochée au mur du resto… Le bar était très sombre, un pauv' néon clignotait au-dessus du comptoir, des mouches se poursuivaient sous le plafond de poutres et une radio diffusait des airs de vielle et d'accordéon. Une rouquine de quinze ou seize ans était au service derrière le bar et supportait les regards de cinq types.

La patronne a quitté la pièce. Les clients appuyés contre le zinc se sont tus le temps que je m'attable. Ils avaient des têtes à manger du foin et les oreilles de la famille O'Hara dans *Les Rivaux de Painful Gulch*. Un des gars avait le bras droit extraordinairement long, il pouvait se gratter le genou avec sa main sans se baisser. Oppi n'arrivait pas à détacher ses yeux de lui. Ils ont repris leur conversation.

– Hé teugnât ! Arrête don d'ribouler des câlots en regardant la Thérèse, l'a pas pour toi.

– L'a pas pour toi non plus, t'y toucheras pas sa jolie piau et ses belles queuches !

– Bon, on a soué la Thérèse !

La patronne est revenue.

– Z'avez fini de regogner, les teugnâts ? Pis

arrêtez de reluquer le parigo comme si c'était une galipotte.

Ils parlaient morvandiau. La rouquine, Thérèse, m'a apporté le menu écrit en patois. J'étais tombé dans un boui-boui morvandiau pur jus, rempli de gus qui faisaient le rêve secret de rayer la carrosserie des voitures de résidents Hollandais. J'ai lu la carte : froumaize de tête, teurine de sanguier, des naviots, des treuffes en piau, fromage de tête, terrine de sanglier, navets, pomme de terre en robe des champs… La fille est venue prendre ma commande, je lui ai montré les noms sur la liste avec le bout de mon doigt.

Quelques minutes plus tard, elle m'a apporté une assiette de charcutaille, puis de la volaille en sauce accompagnée de légumes, oignes, p'tits poués, cârouttes… C'était délicieux, la chair de la viande était ferme et goûteuse, les légumes sentaient la terre, la pluie, la binette, le gros sel… et les tranches de pain auraient suffit à me rassasier tellement la mie était savoureuse. Pour accompagner ça, elle m'a apporté un vin rouge, sans étiquette sur la bouteille, dont l'entame en bouche me rappelait la dégustation d'un bon cru. Les Morvandiaux se sont tus pour me regarder manger.

Durant quelques minutes, j'ai oublié l'angoisse qui me tenaillait depuis que nous avions découvert la puce du téléphone de Mathieu. La salle du bistrot était aussi sombre que la forêt mais l'odeur entêtante et monotone des pins avait laissé la place au fumet des plats que les gars humaient à pleins nasaux. Je n'avais pas envie de sortir d'ici. Je regrettais de ne pas partager ce repas avec quelqu'un. Avec le Sanglier, par exemple, le *sanguier* comme disent les Morvandiaux. Ou avec Anaïs, assez culottée pour se faire payer un verre d'eau-de-vie par les clients. Que faisait-elle à cette heure ? Je souhaitais sincèrement que tout aille bien pour cette Lolita en péril, mais les nombreuses traces de piquouses entre ses orteils et sa manière de fumer son joint en se faisant un récipient avec ses deux mains jointes me disaient que c'était une pro de la défonce qui finirait pute de province, fille-mère aux cheveux filasses et aux yeux cernés. À moins que le théâtre ou le cirque ne lui redonne la force de s'aimer. Je ne pensais plus à Cécile, le milieu rural lui était étranger, c'était une enfant de la ville, une fille de gendarme qui avait grandi dans des grandes villes militaires et fini son adolescence à Saint-Malo.

Thérèse m'a apporté une assiette de chicotin, une salade de pissenlit, très amère, adoucie par des cerneaux de noix, et un claquebitou, a-t-elle dit avec un sourire, un fromage de vache frais, immaculé comme la neige. Les gars ont ouvert des yeux ronds comme des billes en me voyant manger le claquebitou avec du sucre en poudre. Sacrilège ! Parigo ! Citadin ! J'ai souri aux mangeurs de foin et je me suis servi un nouveau verre de rouge. La petite serveuse est revenue pour déposer un bol d'eau sous la table pour le chien et une assiette remplie de morceaux de viande crue.

Mon portable a sonné. Le réseau passait maintenant. La sonnerie a couvert les airs de vielles. Je me suis levé et j'ai quitté le bistrot pour répondre à la mère de Mathieu. Je me suis empressé de lui dire qu'une jeune femme avait vu Mathieu en bonne santé quelques instants après qu'il eut raté son train, mais elle ne m'a pas écouté. Les choses bougeaient enfin, mais sans ordre, ni logique. Les papiers d'identité de Mathieu avaient été retrouvés dans un vieux manoir à Frangy, une petite ville située à une dizaine de kilomètres au nord d'Annecy, en Haute-Savoie.

– C'est la police d'Annecy qui a contacté la police de Nevers. Une personne leur a ramené ses papiers, elle les a trouvés sur le lieu d'une *rave party*.

Je connaissais, j'avais participé à une *free-party* il y avait quelques années. J'habitais encore la Nièvre et j'avais suivi un pote lors d'un tekos dans le Cher. Les *rave-parties* se déroulent en salle et sont payantes, tandis que les *free* sont en plein air et gratos. Des mecs posent du son et les mômes se tapent un délire jusqu'à l'aube en dansant sur des rythmes binaires. Je ne comprenais pas ce qui avait pu conduire Mathieu dans ce manoir de Frangy pour participer à une *rave-party*. Les métalleux comme lui fument de la beue et boivent de la bière, ça les rend comateux, tandis que les raveurs recherchent l'excitation, la transe ! Ils ne tripent pas grâce au son, mais consomment des drogues récréatives et pas chères qui les mettent au taquet. Mathieu n'avait pas le profil d'un participant de teknival. C'était difficile d'expliquer ça à sa mère. Pour elle, ça ne faisait aucun doute, il s'était rendu là-bas.

– Possible, ai-je murmuré.

La *rave* s'était déroulée le samedi soir et nous n'avions plus de nouvelles de lui depuis le jeudi soir. Je ne lui ai pas parlé de la puce de téléphone que nous avions retrouvée dans un fossé, ni du mensonge de l'ex-petite amie de Mathieu. Elle était obsédée par cette nouvelle piste. Je voulais croire en sa version et félicitais la police d'Annecy qui avait trouvé le lien entre la fiche de disparition et les papiers d'identité de Mathieu.

– Vous irez là-bas, Franck ?... À Frangy ?

– Je ne sais pas encore. Je dois finir de poser des questions aux gens de Château et des environs.

– Dépêchez-vous.

– Je vous ai dit, j'ai parlé à une femme qui a vu Mathieu, jeudi soir… Je dois enquêter ici !

– Mais il n'est plus là ! Il est en Haute-Savoie !

– Je vous appelle ce soir.

J'ai coupé la communication. J'étais parcouru de frissons. C'était le froid. Il faisait quatre ou cinq degrés de moins qu'à Nevers, et je ne portais qu'une fine chemisette. Par-delà les maisons, je voyais des lambeaux de nuages s'accrocher aux sommets des collines voisines, au sud, Bibracte, l'oppidum gaulois, capitale du monde celte, était noyé dans la brume, et, dans la forêt, des volutes de fumée montaient çà et là, sûrement des souches brûlées par les ouvriers de la déforestation.

J'en avais marre de ce coin pentu, glacial et végétal. Mais je ne pouvais pas m'empêcher d'admirer la force du pays. Chaque habitant était le fruit de plusieurs générations de familles de solitaires, de gens qui avaient refusé de s'exiler comme les nourrices et les flotteurs de bois partis d'ici pour travailler à Paris. Ceux qui restaient étaient la *crème* de l'histoire du Morvan, des âmes endurcies par l'hiver et des corps musclés par les pentes.

J'ai rappelé l'ex de Mathieu. Ça ne passait plus. Je me suis déplacé sur cinq cents mètres, le portable a capté à nouveau. La chanteuse a décroché dès ma première sonnerie

– Alors ? Vous avez retrouvé Mathieu ? Son téléphone ne répond toujours pas !

– Non. J'ai des questions à vous poser. Vous m'avez raconté que vous n'aviez pas joué, mais le patron de *La Vieille Vielle* dit le contraire.

– Quoi ? C'est faux !

– Le gars prétend que vous avez fait votre concert.

– On est tombés en panne sur l'autoroute, on a téléphoné à une dépanneuse. J'ai la facture, je vous la montrerai… Je me souviens aussi qu'une voiture de la gendarmerie s'est arrêtée pour nous demander ce qui n'allait pas.

– Pourquoi le patron ment-il ?

– Je ne sais pas… (Elle s'est tue un instant pour réfléchir.) Attendez… Je pense savoir ce qu'il s'est passé… Deux de nos musiciens, dont l'un fait aussi le chant, se sont rendus là-bas la veille par leurs propres moyens pour travailler sur la technique avec THX, un des groupes qui jouaient avant nous… Je suppose qu'ils ont assuré notre concert en se faisant accompagner d'autres musicos, pour empocher le fric sans nous le dire.

– Le patron m'a dit qu'il y avait une fille sur scène.

– C'était pas moi ! Je vous assure. J'ai réglé la facture du dépannage avec ma carte, je suis montée dans la cabine du camion avec le mécanicien, il pourra vous le dire !

– Alors qui est cette fille qui a chanté ?

– La fille qui fait partie de THX a travaillé avec nous, elle a chanté, elle connaît nos anciens titres. C'est sûrement elle. Renseignez-vous.

– Je le ferai.

– Il faut me croire. Je vais téléphoner tout de suite aux gars pour savoir s'ils ont joué. Je vous rappelle.

– Merci.

Je suis revenu sur mes pas, la rouquine m'attendait à la porte du resto. Le chien était resté avec elle. Elle m'a souri.

– Vous voulez un dessert ?

– Non, merci.

– Vous n'avez pas aimé ?

– C'était très bon mais je suis pressé.

Nous sommes rentrés dans la salle, les clients patoisants avaient déguerpi, ma table était telle que je l'avais laissée, avec assiette, couverts, serviette en vrac. Il manquait seulement ma bouteille de rouge, la rouquine avait dû la ranger. La patronne était derrière le comptoir.

– Vous prenez un alcool ? Ou du café ?

– Un café, rapidement, s'il vous plaît. Ici.

Je me suis accoudé au zinc. Thérèse m'a servi un expresso. La patronne s'est approchée de moi.

– Excusez-moi de ne pas vous avoir fait déjeuner dans la salle. Un groupe l'avait réservée. Ils m'ont demandé de ne recevoir personne aujourd'hui. Je n'ai pas osé vous renvoyer.

– Ce n'est pas grave. Le coin bistrot était sympa. Qui sont ces gens qui ont loué votre salle ?

– Le maire, quelques personnes du conseil général, du parc et les représentants des propriétaires de terrain.

– Ceux qui enrésinent et qui foutent les sapins en rang d'oignons sur toutes les collines. C'est moche…

– Vous savez, les écolos s'en plaignent… D'après eux, il faut retrouver le Morvan du XIXe siècle avec des arbres à feuilles, ils ne veulent plus de sapins ! Ils oublient qu'avant, cette région était une toundra, un climat sibérien, il n'y avait que des sapins et des bouleaux ! Passez un hiver ici et vous comprendrez que ce n'est pas un climat pour les chênes.

– Vous défendez quoi, vous, avec votre resto en patois ?

– Je ne défends rien, je fais ça pour le touriste. Je n'ai pas l'argent pour installer la clim' ou pour mettre une verrière dans la salle, alors je fais des menus en patois. Ça fait une ligne dans les guides touristiques. »

Je l'ai félicitée pour la qualité de ses plats. Elle a eu un hochement de tête.

– J'ai un bon cuistot, et il y a des producteurs de qualité et pas chers dans la région.

J'ai demandé la note. La patronne a dit :

– Dix euros, tout rond !

Sur la carte, le premier menu était à douze euros. J'ai dit « Merci » et laissé cinq euros de pourboire à la petite serveuse.

Après avoir quitté le restaurant, j'ai marché en direction du point le plus haut de la ville et suis arrivé à l'ancienne maison météorologique. J'avais besoin d'observer le panorama avant de me replonger dans l'enquête. Déception, l'horizon était masqué par des arbres. J'ai redescendu la pente en direction du centre-ville. En chemin, une discussion entre deux vieux m'a surpris : « On a trouvé un corps aux Bardiaux. »

C'était un coup de poing dans mon estomac en pleine digestion. J'ai avancé, le souffle court. Plus loin, à la sortie d'une boutique, un tout-à-dix-sous, trois personnes s'entretenaient : « Il paraît qu'on a trouvé un mort aux Bardiaux. »

15

J'ai eu l'impression que la nuit tombait sur Château. Le gris clair virait au sombre, sans que personne n'ait l'idée d'allumer les lampadaires, puisqu'il n'y avait que moi qui étais dans l'obscurité. Je suis repassé devant le resto, la rouquine fumait une clope sur le trottoir. Ses cheveux qu'elle tenait auparavant serrés dans un chignon étaient libérés et tombaient sur ses épaules. Elle avait l'air désinvolte et provocant d'une petite allumeuse de village. Mais sa gentillesse a vite effacé l'image que j'ébauchais connement.

Elle m'a souri et a répondu à mes questions : oui, un gars était passé au bar et en avait parlé. Un marcheur avait trouvé un mort. Elle ne savait rien d'autre. J'ai raisonné mon affolement, après tout, il y avait toutes les chances pour que ce corps soit celui d'un promeneur ou d'un chasseur victime d'un malaise.

J'ai retrouvé rapidement le type ayant découvert ce soi-disant corps dont on parlait en ville. Il était assis sur un banc à une centaine de mètres de la gendarmerie. Il paraissait hébété. Les deux gendarmes l'avaient mal reçu : manque de personnel, un chef en congés, une tension avec la communauté musulmane installée dans un institut arabe à proximité, la venue du préfet et deux commissions de sécurité avec les pompiers dans la journée expliquaient la mauvaise humeur des képis. Et puis, aucune disparition ne leur avait été signalée. De plus, le témoin avait été incapable de donner des précisions sur le corps. Un homme, une femme, un enfant ? Ils avaient pris sa déposition et lui avaient demandé de ne pas quitter Château. D'après eux, le bonhomme était un mélange de hippie et de beatnik, vivant dans un camping-car, dont il ne fallait pas écouter les boniments. Les deux képis m'avaient raconté cela avant de m'envoyer chier : de quoi je me mêlais ?... J'étais policier et parisien, deux tares inexcusables à leurs yeux.

J'ai claqué la porte de la gendarmerie en fulminant contre leur négligence et rejoint le mec sur son banc. Il m'a parlé après avoir vu ma carte de police. C'était un passionné de botanique qui traçait son chemin à travers le parc naturel du Morvan depuis une dizaine de jours à la recherche de certaines plantes, entre autres une anémone dont le suc exerçait un effet stupéfiant sur le cerveau. Il montait également des sites web spécialisés dans la flore, l'écologie… En voyant le gars vêtu d'un short de foot et d'une chemise hawaïenne, chaussé de sandales et de grandes chaussettes de laine qui lui montaient jusqu'aux genoux, je me suis demandé s'il ne s'était pas fait infuser quelques feuilles de son anémone toxique au petit déjeuner.

– Une main ! Je n'ai vu qu'une main ! Je ne peux pas vous dire si elle appartient à un homme ou à une femme, je n'ai vu que ce bout de main. Je ne sais même pas si elle était encore attachée à un corps.

J'étais inquiet. Le corps avait été enterré, ça évoquait une situation criminelle, et non un malaise de promeneur. Et personne n'avait disparu, d'après les gendarmes. À part Mathieu.

– Vous ne pouvez pas me décrire cette main ? Portait-elle des bagues ? Des ongles courts, longs, vernis ? Une montre au poignet ?

– Non ! Dès que je me suis rendu compte que c'était une main humaine, j'ai fait demi-tour.

J'ai imaginé le type en short de foot et chemise hawaïenne, détalant dans la forêt, une scène de *cartoon*.

– Vous avez remarqué autre chose ? Des vêtements ou un sac ?

– Non.

Il a refusé de m'accompagner sur les lieux. J'ai insisté en parlant de Mathieu et de sa disparition, mais il n'avait qu'une envie : se casser d'ici malgré les consignes des gendarmes. Je suis retourné vers eux afin de les convaincre qu'ils étaient face à un homicide et que c'était une affaire prioritaire. Mais ils n'ont pas changé d'avis : ce n'était pas sérieux. Durant les jours précédents, ils avaient ramassé deux fois le botaniste en train de divaguer au milieu de la chaussée. Ils l'avaient fait souffler dans le *ballon*, il n'était pas en état d'ivresse. Un drogué, pensaient-ils.

J'ai claqué leur porte une nouvelle fois, le marcheur avait quitté le banc, j'ai pris la voiture et roulé jusqu'aux Bardiaux. J'ai fait demi-tour une première fois après m'être engagé sur un sentier de terre qui ne menait nulle part, puis j'ai rebroussé chemin à nouveau, j'avais dépassé de plusieurs kilomètres le hameau des Bardiaux sans trouver le site que m'avait décrit le promeneur.

Après une vingtaine de minutes d'errance sur des routes de campagne engoncées entre des haies hautes qui me donnaient l'impression d'avancer dans un tunnel, j'ai enfin trouvé le panneau indiquant la direction de l'amphithéâtre des Bardiaux. L'inscription avait été recouverte de peinture noire, sûrement le sabotage d'un paysan du coin exaspéré par l'État qui classe en site protégé chaque lieu de découverte datée gallo-romaine, parfois trois pierres et une fibule – une agrafe qui servait à tenir les vêtements.

J'ai garé ma voiture à proximité de l'entrée du site, et je suis descendu avec le chien. J'ai ouvert le coffre pour en sortir une pelle et une bombe de peinture blanche que je venais d'acheter dans un magasin de Château. Puis, je me suis dirigé vers la barrière qui donne accès au site. Elle n'était pas cadenassée, je l'ai poussée. À première vue, le site des Bardiaux n'était qu'un champ qui n'avait pas été entretenu depuis la fin de la saison touristique. J'ai progressé dans les herbes hautes, Oppi me suivait. Je n'ai vu aucune trace du passage d'un homme : le botaniste s'était foutu de ma gueule. J'ai avancé en écartant les orties, le champ s'est creusé, formant une cuvette. J'ai vu le théâtre antique en contrebas, vieux de 2000 ans : des rectangles de pierres délimitaient une arrière-scène ou des coulisses, la scène formant un demi-cercle d'une vingtaine de mètres de diamètre. Autour de la scène, la pente s'élevait tel un gradin naturel. Le lieu était clos par un muret encore visible parmi les herbes.

J'ai rejoint un bois. C'était une forêt de résineux, riche de différentes essences où l'on ne retrouvait pas l'alignement régulier des plantations du reboisement industriel. Un coin sauvage que le botaniste étudiait depuis plusieurs jours pour répertorier les six natures de pins peuplant le parc, notant leur taille, leur état, leur nombre… J'ai retrouvé la pénombre, la froideur qui nous avaient saisis lors de notre arrivée ce matin dans la forêt du Morvan. Je quittais maintenant une scène de théâtre antique pour rechercher une scène de crime actuelle. Il n'y avait pas de sentier à suivre, ni aucun repère sur les troncs. Je me suis fié aux plantes et aux arbres dont le gars m'avait décrit les espèces. J'ai traversé une rangée d'épicéas, facilement identifiables – nos sapins de Noël – puis j'ai cherché un espace constitué de pins Douglas en marchant vers le nord. Pour ne pas me tromper, il m'avait conseillé de ramasser et de froisser des aiguilles sentant la citronnelle. Je l'ai fait et j'ai reniflé les aiguilles, elles refoulaient une forte odeur de citron. J'étais au bon endroit. Les arbres faisaient trente ou quarante mètres. Les premières branches s'élevaient à une vingtaine de mètres au-dessus du sol. On n'entendait pas les cris des oiseaux perchés sur les cimes. Le silence était oppressant.

Parmi les pins Douglas, le botaniste avait identifié trois sapins de Vancouver. Au pied de l'un d'eux, il avait vu la main qui sortait du sol. Il s'était souvenu que le tronc possédait une profonde entaille due à la sécheresse et que le sol était recouvert d'oxalis, une plante parfumée dont les feuilles ressemblent au trèfle. Ça redevenait mon univers : chercher méticuleusement, sans se laisser émouvoir par une pensée. J'ai mis un pied devant l'autre en gardant l'œil vif malgré la fatigue. J'ai slalomé au milieu des pins, marquant d'une croix blanche à la bombe de peinture sur ceux que j'avais observés. Le terrain couvert d'aiguilles était humide et mou, la marche fatigante. Incapable de distinguer les pins Douglas des sapins de Vancouver, je me suis contenté de fixer le sol, j'y cherchais la main ! Le botaniste l'avait décrite telle une main tendue demandant de l'aide. J'avais cette vision effrayante devant les yeux depuis que je l'avais quitté.

J'ai marqué une cinquantaine de pins sans trouver une trace prouvant qu'un individu était passé par là récemment. Oppi se baladait à une cinquantaine de mètres de moi, je l'ai sifflé pour qu'il revienne. J'ai aperçu un arbre au tronc crevassé à une dizaine de mètres de moi, son écorce n'avait pas la même couleur que les autres. J'y suis allé, les pulsations de mon cœur formaient le seul bruit de la forêt. J'ai remué la terre, l'humus, les aiguilles mais n'ai rien trouvé au pied du pin. Le chien a gueulé, ça ne lui arrivait jamais. Il s'était éloigné à nouveau. Ses cris ressemblaient à ceux d'une bête que l'on égorge. Je me suis précipité vers lui. Sa gueule était ensanglantée, sa gorge, profondément entaillée, comme s'il avait été attaqué par un animal sauvage. J'ai regardé autour de moi, mais il n'y avait pas un mouvement. J'ai posé la pelle et la bombe de peinture et pris Oppi dans mes bras, puis je suis reparti vers la voiture. Après avoir fait quelques pas, j'ai remarqué quelque chose sur la droite. Un peu de terre remuée, à peine visible au milieu du tapis d'aiguilles. Le stress avait aiguisé ma vue. J'ai reposé le chien dont les membres tremblaient et j'ai avancé dans cette direction. Une main à moitié dévorée sortait de terre. La peau était noire. Plusieurs doigts avaient disparu, mangés par un animal semble-t-il. Le visage de Mathieu que je connaissais, pas celui de la photo, m'est passé devant les yeux, et d'autres souvenirs de lui… J'ai couru vers la pelle et suis revenu creuser autour de la main. Un bras entier est apparu. Un corps se trouvait là. La pelle neuve possédait des bords tranchants. Je l'ai enfoncée avec précaution, creusant au large pour être sûr de ne pas toucher le corps, et posant mes pelletées de terre brune à proximité. Les flics fouilleront ce tas pour trouver des indices. J'ai commencé à gratter délicatement la terre autour du bras. Puis, j'ai posé la pelle et me suis agenouillé afin de déterrer le visage avec mes mains. Je n'avais pas de gants, je *polluais* la scène de crime, c'est un délit. Je n'ai pas reconnu Mathieu. Le visage était horriblement gonflé. Des petites larves grouillaient dans ses narines. Mais j'ai compris que c'était lui. J'ai entrouvert ses lèvres afin de regarder sa dentition. Mathieu avait deux dents sur pivot depuis un choc face contre face lors d'un duel aérien au foot.

Elles étaient là.

Je me suis relevé et éloigné. Appuyé contre un arbre, j'ai vomi, puis pleuré. J'étais incapable de penser. Je suis allé vers Oppi qui haletait et perdait beaucoup de sang. Je suis revenu vers le corps et me suis saisi de la pelle, j'ai creusé furieusement pour dégager le corps de Mathieu, je jetais la terre sans me soucier de la mettre en tas maintenant, j'étais inondé de sueur, des ampoules ont éclaté sur mes paumes.

Quand le corps nu a été presque entièrement dégagé, j'ai tiré sur les bras pour le sortir du trou. J'ai traîné la dépouille et l'ai allongée sur le sol. Le corps était livide, mais une tâche verte abdominale était apparue, les intestins avaient commencé de pourrir, les bactéries avaient envahi la zone. J'ai vu les jambes brisées, le bassin explosé, les os cassés saillants à travers la chair. Pas besoin de sortir de Saint-Cyr pour comprendre qu'il avait été percuté de plein fouet par un véhicule. Une moto, une voiture, un camion, je n'en savais rien. Homicide volontaire ou involontaire, je m'en foutais, je retrouverai celui ou celle qui avait fait ça.

J'ai sorti le papier où était inscrit le numéro de Philibert et je l'ai appelé. Ça ne passait pas, putain de bled ! Où trouverai-je une ligne fixe pour téléphoner ? J'avais repéré quelques maisons dans le hameau des Bardiaux, mais elles semblaient inoccupées, aucune voiture, volets clos. J'ai laissé le chien agonisant et Mathieu, et je suis retourné sur mes pas, en espérant que le réseau capte à nouveau sur les hauteurs du théâtre antique.

Philibert a décroché. Je lui ai raconté que j'avais trouvé le cadavre de Mathieu dans un bois près du site des Bardiaux. Les paroles qui sont sorties de mes lèvres ne m'appartenaient plus. Elles étaient mécaniques, froides. Il a promis d'arriver dans moins d'une demi-heure. Un quart d'heure à peine après mon coup de fil, il a débarqué au guidon d'une 125 cc Je l'attendais, assis sur le muret de l'avant-scène du théâtre. Je serrais ma tête entre mes mains pour empêcher mon crâne d'exploser. Philibert a posé son casque et j'ai vu son visage se décomposer tandis qu'il m'observait. J'étais couvert de sang, mains, bras, visage, pantalon, chemisette…

– Mon chien est blessé. Il s'est fait attaquer par une bestiole, un renard, un chat sauvage, je ne sais pas…!

Il a acquiescé.

– Je suis désolé, Francky… Il n'y a aucun doute ? C'est ton ami que tu as trouvé ?

– Oui, c'est lui.

– C'est horrible…

Il s'est signé.

– Je suis passé à la gendarmerie comme tu me l'as demandé. Il n'y avait qu'un jeune type que je ne connais pas. Il doit venir…

Nous sommes partis vers les bois. Mon pote avait perdu son allant, il marchait derrière moi et se faisait distancer. Nous avons traversé les épicéas.

– Reste là, je vais chercher mon chien.

– Merci… Je ne peux pas te suivre jusqu'à ton ami… J'ai vu beaucoup de choses, mais la mort, je peux pas.

Le chien n'a pas bougé à mon arrivée, mais il respirait encore. Je l'ai porté jusqu'à Philibert.

– Prends ma voiture et emmène-le chez un véto.

– O.K.

– Tu as du temps ensuite ?

– Je me suis fait remplacer à la piscine après ton appel.

– Il faudrait que tu me fasses la liste des garagistes et des carrossiers du coin. Trouve-moi une chambre d'hôtel. Je reste.

– Tu viendras chez moi.

– Dépêche-toi. Je te rappelle dès que j'ai fini.

Il m'a lancé les clés de sa moto. Je les ai mises dans ma poche.

– Ma voiture est ouverte, Phil, les clés sont sur le tableau de bord.

Il est parti avec le chien. Un gendarme est arrivé un quart d'heure plus tard au volant d'une fourgonnette. Un de ceux auxquels j'avais parlé en début d'après-midi. Il m'a reconnu. J'avais essuyé le sang sur mon visage et mes bras, et enfilé un vieux survêtement trouvé dans ma voiture avant que Philibert ne reparte.

– Où est ce corps ?

– Plus loin, dans le bois.

– Le hippie disait la vérité ?

– Oui. Je connais la victime, c'est le jeune dont je vous ai parlé.

Nous avons traversé les herbes qui séparent le bois du théâtre des Bardiaux et nous nous sommes engagés dans le premier rang d'épicéas.

Il a pâli devant le cadavre.

– Vous l'avez sorti de terre ?

– Oui.

– Vous n'aviez pas le droit ! Vous risquez des sanctions administratives !

– Tant que vous n'êtes pas intervenu, j'ai le droit

d'aider une personne que je crois en danger.

C'étaient des conneries ; en pratique, si je trouve une personne inerte, j'essaie de lui parler puis j'appelle directement le SAMU, sans la manipuler. J'ai toujours procédé ainsi quand je suis tombé sur des toxs qui faisaient une overdose dans les rues de Paris, alors que je sortais du ciné ou du théâtre.

– Qu'est-ce qui lui est arrivé ?

– Accident de voiture, je pense. Le corps a été caché.

Il a ouvert des yeux ronds et retiré son képi pour se frotter le front. Son regard s'est posé à nouveau sur le corps. Le visage du gendarme n'avait toujours pas retrouvé ses couleurs. Moi, j'avais réussi à me blinder. Ce n'était pas ce *cadavre de trop* tant redouté. Je cogitais à deux cents à l'heure comme si le crime venait d'être commis et que ces premières minutes étaient décisives. Il fallait trouver des témoins susceptibles d'avoir vu ce qui s'était passé ici, parmi les voisins, les braconniers, les chasseurs, les promeneurs, les bûcherons…, des témoins de l'accident également, en interrogeant ceux qui sillonnent cette route de jour et de nuit, les bus scolaires qui vont aux lycées de Nevers, les ambulances qui font les transferts de malades… J'ai oublié les pistes que nous avions ébauchées à mon arrivée avec la mère de Mathieu, et dessiné un triangle dont les pointes, Château-Chinon, les Bardiaux et la route où nous avions retrouvé la puce de téléphone, renfermaient un coupable. J'en étais certain.

Le gendarme n'avait pas fait un geste depuis que nous étions au bord du trou.

– Alors, vous faites quoi ?

– Bah ! Rien… Je vais attendre mon chef. Nous sommes à la limite de la Côte-d'Or, la frontière entre les deux départements se situe dans ce bois. Je ne sais pas si nous devons nous charger de l'affaire. Je vais sécuriser les lieux. Mon chef appellera le procureur. Je pense que c'est une brigade de Dijon qui va venir.

– O.K., j'y vais.

– Faut rester là. Vous viendrez avec nous à la gendarmerie, je dois prendre votre identité et faire un relevé d'empreintes.

– Tu vas les avoir sur la gueule mes empreintes ! Tout devrait déjà être bouclé, ça fait plusieurs heures qu'on vous a prévenus. Si vous voulez me parler, passez par Philibert, le maître nageur, il saura où me trouver. Contactez aussi le type chargé des personnes disparues au commissariat de Nevers, il a établi une fiche de recherche au nom de Mathieu Lechartier, ça vous sera facile d'établir la correspondance, vous préviendrez sa mère.

J'ai quitté les bois, gravi la pente du théâtre et me suis mis au guidon de la bécane de Philibert. J'ai démarré malgré l'arrivée d'un nouveau camion de gendarmes. Ils étaient trois dans le fourgon. Les képis lâchaient enfin les affaires en cours pour s'occuper de Mathieu. J'ai mis les gaz et rejoint Château sans freiner une fois. J'ai failli chuter à deux reprises quand mes roues ont chassé sur les bas-côtés pleins de gravillons. Philibert m'attendait devant la piscine, avec un faciès torturé. J'ai coupé le moteur et mis la bécane sur la béquille.

– Ils vont s'occuper de ton chien, mais bon…

– J'ai compris…

– Oui, ils ne savent pas s'il va s'en tirer.

– Tu as fait ce que je t'ai demandé ?

– Oui. En t'attendant, je suis allé au secrétariat de la mairie, une fille m'a sorti un listing des garagistes et des carrossiers, tous ceux qui bossent sur le Morvan, ça fait du monde quand même.

– Tu connais quelques personnes qui font de la réparation au black ?

– Oui… Moi… Je bricole quelques moteurs pour des amis, mais ça devient de plus en plus difficile avec l'électronique.

– Des gars qui feraient un peu de carrosserie ?

– Oui, il y en a.

– Tu les appelles, tu leur demandes s'ils ont eu des travaux à faire sur une voiture… L'accident s'est passé dans la nuit de jeudi à vendredi… Tu notes précisément tout ce qu'ils ont fait après vendredi. Quel type de voiture, quels dégâts…

– Et s'ils ne veulent pas m'en parler ?

– Tu leur donnes le point de vue de la justice : même si la mort est accidentelle, le cadavre a été caché, ça devient un homicide. Ça fait dix ans de taule ! Ils sont complices. Sans compter que nous les dénoncerons pour travail illégal.

– O.K.

– Moi, je téléphone à un pote au fichier des automobiles, il me dira s'il y a eu des déclarations de voitures volées quelques jours après l'accident. Parfois, les types préfèrent brûler leur caisse et la déclarer volée à l'assurance.

– Si le mec n'est pas d'ici, on ne le retrouvera pas.

– Il faut connaître la région pour venir jusqu'à ce bois, nous sommes à 20 kilomètres de l'endroit où nous supposons que s'est déroulé l'accident. La voiture devait être en sale état après l'impact. Le mec n'a pas atterri aux Bardiaux par hasard, au volant d'un véhicule endommagé avec Mathieu dans le coffre. Il connaît le coin, il s'est fait aider. Ils ont déshabillé le corps pour qu'il soit difficile de l'identifier, ils ont nettoyé le lieu de l'accident, nous avons retrouvé la puce de téléphone mais c'est un coup de bol inespéré. Même chose pour la découverte du corps qu'ils ont caché dans un bois à l'écart des travaux forestiers, des sentiers touristiques et des parcours V.T.T.

– Je ferai tout ce que tu veux, mais tu ne préfères pas qu'on laisse les flics s'en charger ?

– J'ai une semaine d'avance sur eux, je sais ce qu'il faut chercher ou pas, je ne lâcherai pas mon pote une deuxième fois… S'ils font intervenir la brigade de Dijon, ils débarqueront ce soir. Il fera nuit. Ils vont se contenter de protéger la scène, ils y travailleront demain. L'enquête débutera tardivement.

– Je t'aiderai.

– Dès que tu auras fini avec les carrossiers au black, on se fait les garagistes, les dépanneurs, les poseurs de pare-brise… Il faut le faire maintenant, avant que les boutiques ne ferment. Il est 16 h 30… On a le temps.

– Il y a plusieurs lignes de téléphone à la piscine, allons-y.

Nous nous sommes enfermés dans le bureau, et nous avons passé nos communications. La jeune femme qui s'occupait du ménage dans les vestiaires nous a préparé du café. Si chaud que nous nous sommes brûlé les doigts en prenant les gobelets en plastique. La fille avait une vingtaine d'années et regardait Philibert avec des yeux amoureux. Il s'en foutait, il était concentré sur ses coups de fils. Les képis l'ont appelé pour savoir où j'étais, il a dit qu'il l'ignorait. Je me suis demandé combien de temps ils mettraient pour faire officiellement le lien avec Mathieu. Allaient-ils prévenir sa mère dès ce soir ? Elle me faisait confiance et pensait que je ramènerais son fils. J'ai revu le regard vide qu'elle m'a lancé depuis sa chambre au moment où nous allions nous coucher, il y a deux jours. Cet air absent ne quittera plus son visage désormais.

Je commençais à décrocher de l'enquête pour me laisser emporter par les émotions. J'ai réagi. J'ai pensé qu'il faudrait que je téléphone à son mec, le patron de la boîte, et à ma mère pour qu'ils soient prêts à la soutenir. Je l'ai fait, ça a pris dix minutes, j'ai dit l'essentiel, le mec a semblé abattu, puis je me suis relancé dans notre recherche de la voiture accidentée.

En deux heures, nous avons donné une trentaine de coups de fils chacun. Philibert a connu quelques échecs – des répondeurs ou des types hargneux qui n'avaient pas le temps du discuter ! –, moi, j'étais tellement déterminé que j'ai obtenu les renseignements que je désirais. Les types qui décrochaient comprenaient au ton de ma voix que j'étais un vrai flic, qui connaissait son boulot et qui ne les lâcherait pas. Carrossiers et garagistes nous ont fourni une liste de voitures accidentées précisant l'état de chacune et l'identité de son propriétaire. Casse superficielle pour la plupart, une aile froissée, un pare-chocs enfoncé ou des feux brisés, mais dix-huit véhicules présentaient des dégâts importants susceptibles d'avoir été provoqués par une rencontre avec un animal ou un homme. En discutant avec les garagistes, j'ai appris que douze des conducteurs avaient établi des constats mettant en cause un autre véhicule. Il restait six propriétaires de voiture dont les accidents étaient suspects. Je devais les interroger en premier.

J'ai demandé à Philibert s'il les connaissait : non. Un seul vivait près de Château, les autres habitaient à une vingtaine de kilomètres d'ici. Un appel téléphonique ne suffirait pas, je devais les rencontrer. Voir leur voiture. Ça prendrait du temps, de l'énergie. Je n'étais pas saisi de l'affaire, je n'étais pas en service et je n'étais pas territorialement compétent. Bref, je n'étais rien…

Ça m'a foutu un coup de blues de comprendre ce que je savais déjà : j'étais un type paumé qui avait joué les détectives pour redresser une conscience écornée par mille trahisons envers son amie, envers les femmes, sa famille… envers un adolescent qui lui avait offert sa confiance. Par réflexe, j'ai cherché Oppi autour de moi.

– On fait quoi ? a demandé Philibert.

– Je ne sais pas. Laisse-moi souffler… Tu as donné mon numéro de téléphone au véto ?

– Oui, il doit t'appeler s'il a du nouveau.

J'ai soupiré. On a réfléchi devant la liste des noms. Ma volonté était en train de s'effondrer. J'ai reçu un appel sur mon portable. J'ai reconnu le numéro de la mère de Mathieu, je n'ai pas décroché. Dix minutes plus tard, nouvel appel, je ne connaissais pas le numéro, j'ai supposé que c'était le véto. C'était Alex, le môme de Nevers.

– Je t'appelle parce que ta copine a eu un problème au lycée, la goth…

– Anaïs ?

– Oui, elle a traîné toute la journée dans la cour de notre lycée avec des potes à elle, et à la sortie des cours, à cinq heures, ils l'ont trouvée dans les toilettes.

– Elle s'est fait agresser ?

– Non, je ne pense pas, les flics ne sont pas venus.

– Elle a fait une tentative de suicide ?

– Oui, sûrement, il y avait une voiture du SAMU. Je l'ai reconnue quand ils l'ont transportée.

– Elle s'en est sortie ?

– Je ne sais pas.

– Je te remercie de m'avoir prévenu.

– Vous avez retrouvé Mathieu ?

– Non, pas encore… Tiens-moi au courant si tu apprends quelque chose sur elle.

– D'accord.

J'ai serré les dents, et regardé Philibert.

– Tu n'as pas des bières ?

– Si, attends, je vais en chercher.

Il est revenu avec un pack de 1664, un truc un peu meilleur que la bière de chantier, mais il me faudrait en boire dix litres avant d'arriver à l'ivresse. Nous avons bu deux bouteilles chacun. Nous étions les derniers occupants du bâtiment. La caissière avait fermé son guichet, et s'en était allée avec la recette du jour dans une trousse d'écolière, la jeune femme qui nous avait apporté du café était partie après nous avoir dit « au revoir ». Son baiser avait collé chaudement sur les joues de Philibert.

Mon pote qui bosse aux fichiers des déclarations de vols d'automobiles nous a faxé une première liste. Un choix ciblé : régions Bourgogne, Franche-Comté, et Haute-Savoie sur les deux jours qui ont suivi la date de l'accident. Cela représentait une cinquantaine de voitures. Il a souligné les véhicules retrouvés en bon état depuis. Il restait quarante voitures *disparues*. Je ne savais pas quoi en faire. J'ai donné la liste à Philibert.

– Jettes-y un œil… Peut-être qu'un nom te dira quelque chose.

J'ai décapsulé une nouvelle bière et je suis sorti de la pièce. Je me suis baladé dans les couloirs en pensant à la petite môme, Anaïs. J'aurais dû l'emmener avec moi. Pourquoi lui demander de retourner en cours et l'abandonner à une vie qui la débecte ?

Je me suis retrouvé au bord de l'eau après avoir enjambé le pédiluve. Les derniers nageurs étaient partis depuis longtemps, la surface de l'eau du bassin brillait uniformément comme une flaque sur la route. Il y a un poème japonais, un haïku, racontant l'histoire d'un vieux paysan qui n'ose pas verser l'eau de sa théière dans la jolie neige vierge du matin, moi, j'ai balancé un mollard sur l'eau immobile du bassin, et j'ai pris du plaisir à voir des vaguelettes briser ce miroir. J'ai trouvé des fringues dans un local, des pantalons, des tee-shirts et des pulls de toutes tailles oubliés dans le vestiaire par des nageurs. J'ai mis de côté un jean et un tee-shirt en bon état et je suis allé prendre une douche. L'eau était trop chaude, mais ça m'a fait du bien de laver la crasse, la sueur et le sang qui me collaient au corps. J'ai entendu Philibert gueuler.

– Franck !

Je me suis essuyé rapidement, rhabillé et je suis retourné près de lui.

– Il y a un nom intéressant.

– Lequel ?

– C'est toi qui m'en as parlé ce matin. Berdin, le mec qui fait du miel.

– Il s'est fait voler sa voiture ?

– Non, pas lui… Il me semble que c'est son fils. Même nom et prénom, et même région, Annecy.

C'était comme si une bombe était tombée dans le bassin, éclaboussant toute la piscine ! Annecy était à quelques kilomètres au sud de Frangy, le lieu où l'on avait retrouvé les papiers de Mathieu. J'ai rappelé mon pote afin qu'il me trouve le casier du fils Berdin. Sa réponse est arrivée rapidement : escroquerie, le gars avait fraudé sur des appellations. À l'époque, il bossait avec son père, ils fabriquaient des terrines labellisées. Amendes et deux ans avec sursis pour le fils. Le père avait un casier vierge. Je ne sais pas pourquoi il s'en était sorti.

– J'y vais. Explique-moi où habite ce type ?

– Tu pars à Annecy ?
– Non, je vais voir le père.
– Je viens avec toi.
– Non, tu restes, tu iras trouver les gendarmes si j'apprends quelque chose de sérieux.
– Ce mec est bizarre, tu sais.
– Pourquoi ?
– C'est une espèce d'intégriste de la nature, il a déjà fait une grève de la faim contre l'installation de je ne sais plus quelle usine. Ils en ont parlé dans les journaux… Le fils ne vaut pas mieux.
– Je veux seulement discuter avec lui.
Phil a dessiné un plan pour que je trouve facilement l'habitation du producteur de miel. J'ai eu un pincement au cœur, il fallait à nouveau emprunter la route de l'accident pour rejoindre sa maison. J'ai regardé par la fenêtre, la nuit était tombée depuis un long moment. Il était près de vingt heures. Je suis sorti puis j'ai fait demi-tour pour aller chercher un pull. Un souffle hivernal m'avait sauté au visage dès mes premiers pas en dehors de la piscine dont l'atmosphère était moite et chaude.
– Bienvenu au pays des démons et des ours, ai-je pensé, en ressortant couvert d'un pull noir. Les ours avaient disparu, il restait un démon.

16

En quittant Château, j'ai croisé plusieurs véhicules de gendarmerie. Un fourgon transportait des projecteurs, les gendarmes allaient éclairer la scène pour commencer les recherches de traces immédiatement. La machine était en branle. J'ai roulé en suivant les indications de Philibert. Je suis passé sur la route où le Sanglier et moi nous étions arrêtés, la départementale 189. Il y faisait excessivement sombre mais j'ai reconnu le talus que nous avions fouillé.

La maison de Berdin était en pleine forêt. Il fallait quitter la route principale et s'engager sur un sentier caillouteux pour y arriver. Je me suis garé une centaine de mètres après l'habitation, sur un chemin envahi de broussailles qui s'enfonçait dans la forêt. Une ancienne voie de dégagement pour les bûcherons. J'ai pris mon arme après l'avoir rechargée, ainsi qu'une lampe, et me suis dirigé vers la maison. Des volets de bois étaient fermés sur toutes les fenêtres, certains laissaient filtrer un peu de lumière.

J'ai vu un véhicule blanc garé devant la porte du garage, c'était la camionnette que nous avions croisée sur notre route. J'étais seulement venu pour inspecter les abords de la propriété puisque Berdin était absent. J'avais trouvé son numéro de téléphone sur un guide et l'avais appelé vingt minutes auparavant en me faisant passer pour un instit de Nevers qui préparait une journée « découverte » dans le Morvan : pouvait-il nous montrer le travail dans les ruches, nous expliquer la fabrication du miel ?

Une femme m'avait répondu, sa compagne. Berdin, pompier bénévole, venait de partir sur le site des Bardiaux, m'a-t-elle dit, la gendarmerie a convoqué tous les secouristes disponibles pour les aider dans leurs recherches. Ils cherchent quoi, ai-je demandé ? Elle m'a répondu qu'ils avaient trouvé un corps. Elle en avait marre : ça faisait déjà trois appels de nuit cette semaine, ça n'était jamais arrivé avant. J'ai tenté ma chance : quelles nuits avait-il été appelé, j'étais secouriste également et je n'avais pas entendu parler d'accidents ? Aujourd'hui, lundi soir et jeudi soir, a-t-elle répondu. Elle a enchaîné sur le travail de son compagnon, m'a dit qu'il demanderait cent euros pour la journée « découverte » et qu'il ne fallait pas compter faire ça avant le printemps. Les abeilles entraient maintenant en hibernation. J'ai dit que je rappellerais et je lui ai laissé des coordonnées bidon.

Cette sortie jeudi soir avec les pompiers m'intriguait mais je n'ai pas changé mon plan : visiter la maison. J'ai essayé d'ouvrir la porte du garage, elle était fermée à clé. J'ai jeté un œil par les hublots de verre dépoli, mais il était impossible de distinguer les formes à l'intérieur. Je cherchais la voiture du fils, un BMW, noire, modèle…

J'ai fait le tour. Derrière, la maison possédait un

bout de jardin, une pelouse d'agrément avec une table, quelques chaises en plastique blanc, et une grande remise, un modèle en tôle légère que l'on peut construire soi-même. J'étais en quête d'une pièce de carrosserie abandonnée, de fringues de Mathieu oubliées ou à moitié brûlées, d'une tache de sang sur une couverture… C'était une pensée naïve, mais il arrive qu'un crime se résolve grâce à un oubli grossier du coupable. Au fond de moi, je bouillonnais de ne pas pouvoir faire une recherche pointue et scientifique, et je doutais que les gendarmes du coin disposent d'un matériel aussi performant que le nôtre.

De ce côté, la façade de la maison était sans volets, la femme aurait pu apercevoir le faisceau de ma lampe se balader dans tous les recoins sombres du jardin. Ça ne m'inquiétait pas. Je guettais seulement les bruits de moteur afin de ne pas être surpris par le retour de Berdin. J'ai visité la remise fermée avec un simple antivol de vélo à chiffres que j'ai ouvert en tripatouillant patiemment les manettes. Elle ne contenait que son matériel d'apiculteur, plusieurs combinaisons, des masques, des soufflets, des ruches encore à demi construites… Aucun indice. Je suis ressorti, j'ai remis en place l'antivol et quitté les lieux. Je voulais éclaircir rapidement cette histoire de pompiers appelés jeudi soir.

J'ai repris ma voiture et suis revenu à Château. En conduisant, j'ai appelé un collègue du commissariat et lui ai demandé de téléphoner au CODIS, le centre qui dispatche les appels du 15. Il les a bluffés depuis Paris pour obtenir les renseignements que je lui demandais.

– Voilà, tes infos : ils ont reçu un appel dans la nuit de jeudi à vendredi, à une heure quinze exactement, un homme en état de panique a téléphoné, un accident de voiture avec un piéton blessé, départementale 189… L'homme n'a pas donné son identité, le message a été enregistré, le CODIS peut le fournir. Le CODIS a transféré l'appel à la caserne de Château et au médecin qui bossait cette nuit-là pour les pompiers.

– O.K., tu as fait du bon travail.

– Pas de soucis. J'espère que tu vas régler ça rapidement.

– Comment ça se passe au commissariat ?

– Agnès a dégoupillé ! (Ça voulait dire lâcher les vannes en plein boulot.) Qu'est-ce qu'elle a fait ?

– Elle a sorti son flingue pour menacer un mec qui venait de violer sa femme.

Notre discussion m'est revenue en mémoire. J'ai revu ses yeux de fliquette fatiguée, désarmée devant l'immensité de sa tâche.

– Le boss s'est chargé du type. Il l'a travaillé pour qu'il ne porte pas plainte. Mais, ce sera donnant-donnant ! Le gars exige que son épouse retire sa plainte.

– Je suppose qu'Agnès refuse et préfère se faire virer.

– Elle a déjà rendu sa carte et son arme.

J'espérais qu'ils la laisseraient démissionner. Son coup de colère était un avertissement. Il fallait que je sois raisonnable si mon enquête me conduisait devant un suspect. J'ai raccroché et me suis concentré sur les dernières infos. Ma caisse s'est enfilé les virages qui précèdent Château à une allure de rallye. Je suis arrivé moins de dix minutes plus tard devant la caserne. J'ai donné des coups de poing dans la porte jusqu'à ce qu'un type vienne m'ouvrir. Il est apparu cinq minutes plus tard… en bâillant.

– Excusez-moi de vous avoir réveillé.

– Ce n'était pas mon tour de garde, je rentre du boulot, ils sont tous partis.

– Je viens vous poser quelques questions, ça ne durera pas longtemps. Vous pourrez retourner vous coucher ensuite.

Je lui ai montré ma carte de police. Il n'était pas assez réveillé pour l'examiner et voir que je n'appartenais pas à ce secteur. Il m'a fait monter à l'étage, dans leur cuisine, et nous a versé deux tasses de café.

– J'enquête sur la disparition d'un jeune homme. Pouvez-vous me donner des informations sur l'accident qui s'est déroulé dans la nuit de jeudi à vendredi ?

– Ça sera rapide, il n'y a rien eu.

– Expliquez-vous.

– C'est moi qui étais de garde ici, j'ai reçu le bip d'alerte, j'ai prévenu quatre de nos gars qui étaient chez eux, nous ne sommes pas professionnels. Dix minutes plus tard, deux gars étaient déjà là, c'était suffisant pour que nous partions avec un véhicule… Nous nous sommes rendus sur les lieux mais nous n'avons rien trouvé, ni blessé, ni voiture. Nous avons tourné sur les routes du coin pendant une heure, sans résultat. Le médecin qui était en visite à l'autre bout du pays est arrivé entre-temps, il est reparti aussitôt.

– Quelle est l'identité des personnes qui vous accompagnaient ?

– Deux gars seulement m'ont accompagné, les autres sont arrivés en retard et sont restés à la caserne.

Il m'a cité les noms. Berdin faisait partie des gars qui ne s'étaient pas rendus sur le lieu de l'accident. Celui-ci est pourtant sur le trajet entre son domicile et Château.

J'ai remercié le mec. Avant de quitter la pièce, j'ai fini ma tasse de café. J'avais besoin de me recharger, la nuit commençait seulement. Je me suis mis au volant de ma Super Cinq qui roulait comme une jeunette depuis que nous avions quitté Paris. Le grand air lui donnait des ailes. J'ai pris la direction du site des Bardiaux et aperçu la lumière bien avant d'arriver.

La gendarmerie avait mis le paquet : un éclairage maous donnait l'impression qu'un incendie ravageait le cœur du bois. Une trouée lumineuse s'élevait au-dessus de la forêt. Je me suis garé deux cents mètres avant l'accès au site. Cinq fourgons de gendarmerie et deux véhicules de pompiers stationnaient sur le chemin, plus quelques voitures civiles. Un gendarme posté devant la barrière interdisait l'accès au théâtre antique. Je suis descendu en emportant mon arme dans son holster et mon brassard orange fluo « Police », et je me suis pointé devant le gendarme, carte de police en main. Il m'a laissé passer avec l'air de s'en foutre.

On entendait le vrombissement d'un groupe électrogène alimentant les projos qui éclairaient la scène de crime. J'ai traversé la scène antique, la cuvette du théâtre était plongée dans la nuit. Je me suis engagé à travers les épicéas, guidé par une lumière devenant plus intense au fur et à mesure que je pénétrais dans le bois. J'ai croisé les premiers gendarmes chargés des recherches, ils avaient revêtu leurs tenues de terrain, rangers et treillis, et transportaient de lourds sacs noirs. Peut-être des échantillons de terre qui seraient étudiés en laboratoire. Les gars m'ont salué à la militaire, main au képi.

Je suis arrivé sur la scène de crime où une quinzaine d'hommes s'affairaient. Trois projecteurs étaient braqués sur le trou. Je suis allé voir l'officier qui dirigeait la troupe, un homme grand aux mâchoires soulignées par un collier de barbe blanche impeccablement taillée, et me suis présenté.

– Franck Bostik, agent de police technique et scientifique.

– Commandant Oudin, a-t-il répondu sans paraître surpris par ma venue : mon chef avait fait le nécessaire pour signaler ma présence aux autorités concernées par l'affaire, flics et képis.

Dommage qu'il ne l'ait pas fait plus tôt, ça m'aurait évité l'accueil tendu à la gendarmerie en début d'après-midi. Le commandant m'a emmené à l'écart du bruit du moteur, et je lui ai confié le résultat de mes recherches. Il était d'accord avec moi sur l'identité du corps, la famille était prévenue, la mère arrivait, il m'a félicité pour cette découverte. Mais j'ai compris qu'il se méfiait de mon hypothèse sur l'accident.

– Je dirige l'équipe, vous pouvez rester ici ce soir. Faites ce que vous avez à faire dans le cadre légal, vous avez le droit de poser des questions, comme un journaliste, pas plus. Demain, les enquêteurs débarquent, il vous faudra déguerpir.

Ça me convenait. Le mec aurait pu me faire jeter des lieux. Je suis allé voir un pompier qui inspectait le pied d'un arbre et lui ai demandé où se trouvait Berdin ? Il m'a montré du doigt un type à une cinquantaine de mètres de là.

Berdin était assez grand, plus d'un mètre quatre-vingt, cheveux courts, poivre et sel, une silhouette légèrement voûtée. Il fouillait une zone délimitée par un ruban tendu entre quatre arbres. J'ai accroché mon holster à mon épaule par-dessus le pull et enfilé mon brassard. C'était illégal, je craignais une réaction du commandant, mais il m'a laissé faire. Je suis allé vers Berdin qui a levé la tête vers moi et m'a fixé une seconde avant de se reconcentrer sur sa tâche. Il portait des vêtements civils, jean, pull, et avait enfilé des gants en latex comme tous ceux qui bossaient sur la scène de crime.

– Monsieur Berdin ?

– Oui.

– J'enquête sur la disparition d'un jeune homme. Il se peut que ce soit le corps que le promeneur a trouvé. Je voudrais vous poser quelques questions.

Ses yeux ont fouillé mon regard, ses lèvres minces exprimaient bèaucoup de froideur.

– Pourquoi moi ?

– Je vais interroger tous les secouristes de Château-Chinon appelés sur un accident de la route dans la nuit de jeudi à vendredi, un peu après minuit.

– Il n'y a pas eu d'accident, nous nous sommes déplacés pour rien.

– Les autres s'y sont rendus, mais pas vous… Pourquoi ?

– J'étais en retard, je suis allé directement à la caserne.

– Mais l'accident se trouvait entre votre domicile et la caserne, sur la D 189. Vous auriez dû croiser vos collègues.

– Je ne suis pas parti de chez moi. Je faisais un tarot chez des amis.

– Votre femme dit le contraire.

– Depuis combien de temps vous faites ce travail de fouille-merde à interroger mon entourage ? Faudra m'expliquer ! Tout ça pour un faux appel ?

Le mec avait un regard de plus en plus dur. Sa silhouette s'était redressée, la voussure avait disparu. Il me fixait de toute sa taille, droit comme un « i ».

– Ne vous énervez pas. C'est une enquête préliminaire, vous ne faites pas une déposition.

– Je connais vos salades, j'ai déjà eu affaire à vous. Vous pouvez pas laisser les gens tranquilles ?

– Je ne vois pas ce qui vous empêche de répondre à deux ou trois questions… Vous le faites maintenant et vous serez tranquille demain, ou bien vous refusez et vous serez convoqué au commissariat… Et puisque le jeune disparu vivait à Nevers, vous serez peut-être obligé de vous rendre au commissariat de Nevers.

Un projecteur éclairait puissamment la zone de recherche de Berdin. Le groupe électrogène pétaradait comme si l'essence était de mauvaise qualité.

– Vous voulez savoir quoi ?

– Donnez-moi le nom des amis avec lesquels vous avez joué au tarot ! Et dites-moi votre itinéraire précis pour vous rendre à la caserne ?

– Ça n'a aucun rapport avec l'appel.

– Répondez aux questions.

– Vous m'emmerdez. Je suis secouriste, je donne de mon temps pour vous aider en pleine nuit, et vous venez me casser les couilles avec vos questions !

– Calmez-vous, monsieur Berdin.

– C'est à vous de vous calmer ! Aidez-nous à fouiller le coin, au lieu de jouer les Navarro !

Il me donnait l'impression d'être de plus en plus grand, avec un visage rude et buriné, comme l'écorce des pins. Le commandant de la gendarmerie s'était approché de nous. Les gendarmes s'étaient arrêtés de chercher et nous observaient. Les pompiers également.

– Je vais poser les mêmes questions à votre fils.

– Qu'est-ce qu'il vient faire là-dedans ?

– Quand l'avez-vous vu pour la dernière fois ?

– Il n'est pas revenu nous voir depuis plusieurs mois.

– Vous êtes sûr ?

– Espèce de connard, pourquoi tu mêles mon fils à ça ? Vous l'avez déjà fait plonger une fois, ça ne vous suffit pas ?

– Le CODIS n'a pas porté plainte pour le faux appel, mais puisqu'une enquête criminelle est ouverte, nous obtiendrons le droit de rechercher le numéro *entrant*. Nous trouverons facilement l'identité de l'auteur du coup de fil.

– Vous venez de Nevers pour un coup de fil anonyme ?

– Je pense que le jeune homme qui a disparu s'est fait renverser par une voiture, et que son corps a été caché dans ce bois.

– Bon sang, qu'est-ce que j'ai à voir là-dedans ?

– Beaucoup d'éléments se recoupent et nous ramènent vers vous.

– Lesquels ?

– Je ne peux pas vous le dire, ça fait partie de l'enquête…

– Gardez vos secrets si ça vous amuse.

– Ce n'est pas un jeu, Berdin. Si l'autopsie du corps nous apprend que le jeune était encore en vie après le choc, le ou les coupables seront inculpés d'homicide volontaire… d'assassinat, si vous préférez… Ça n'a plus rien à voir avec un malheureux accident de la route.

– Je m'en fous, faites ce que vous voulez.

Le commandant placé juste derrière moi a pris la parole.

– Monsieur, veuillez répondre calmement et poliment aux questions.

Berdin était au centre de l'espace délimité par le ruban tendu entre les arbres, tel un boxeur au milieu du ring. J'avais envie de le rejoindre pour en découdre aux poings. Le moteur du groupe a pété à nouveau, deux ou trois détonations, puis il est tombé en carafe. Tous les projecteurs se sont éteints. Quelqu'un a gueulé.

– Plus d'essence !

– Où elle est ?

– Au camion !

La forêt était retombée dans la nuit, il ne restait que les faisceaux de quelques lampes torches qui balayaient les bois. Un des hommes a pointé sa lampe vers nous. Berdin avait disparu. Il n'y avait plus personne à l'intérieur du ring.

17

Le môme promettait d'être beau et fort, comme tous les gamins de cette génération, nourris de yaourts, de céréales, façonnés par les activités sportives du mercredi et du samedi, vaccinés, soignés, bichonnés, rien à voir avec les adolescents de mon époque dont les dents poussaient de travers et dont le menton portait les marbrures rouges de l'acné. Mais il s'était fait renverser, et sa carcasse encombrante, comme celle d'un chien écrasé, avait été traînée, enterrée à la va-vite ! Son chemin avait croisé le destin de son père, victime d'un accident de voiture également.

J'étais abattu, j'enrageais, je serrais les poings.

Deux gendarmes ont éclairé le coin avec leur loupiote qu'ils ont baladée de droite à gauche. Rien. Nous avons attendu dix minutes dans une semi-obscurité avant qu'un type ne revienne chargé d'un bidon d'essence. Il a eu des difficultés pour remettre le groupe en marche. Il tirait sans relâche sur le lanceur, mais le moteur toussait sans démarrer. Puis, ça a pété, redémarré, et les projecteurs se sont rallumés. Berdin n'était plus là. Tout le monde a crié son nom. Il n'a pas répondu. Je me suis tourné vers le commandant.

– Faites quelque chose !

– Je ne vais pas lancer des hommes à sa poursuite. Il n'est pas en état d'arrestation !

– Sa fuite peut être considérée comme un comportement suspect. Vous avez le droit d'intervenir.

– C'est impossible de lancer une chasse à l'homme sur de telles présomptions. Vous l'avez interrogé librement. Il n'a pas fait d'aveux.

– Il s'est affolé quand les questions ont été plus précises.

– Il est peut-être fatigué. Il est 23 heures, ce sont des pompiers bénévoles qui viennent là après une journée de travail.

– Si demain matin, on apprend que c'est son fils qui a téléphoné au CODIS, et que vous avez laissé filer Berdin alors que vous l'aviez entre les mains, vous vous ferez allumer !

Le commandant a réfléchi. Il a emprunté le talkie d'un gendarme et a contacté l'homme posté à l'entrée du site.

– Ne laissez sortir personne, je vous envoie deux gars.

Je n'ai pas attendu les deux gendarmes promis par le commandant, je suis remonté en sprintant vers le théâtre antique, j'ai zigzagué entre les arbres, bras en avant pour repousser les branches des épicéas. J'étais persuadé que Berdin se dirigeait vers les voitures. Sans lampe, il ne pouvait pas s'en sortir en fuyant à travers les bois.

J'ai gravi la pente en y mettant toute mon énergie, les cuisses me brûlaient, et je sautais comme un lourdaud quand il me fallait éviter une branche morte en travers de mon chemin. Je suis sorti de la forêt, plié en deux pour soulager la douleur d'un point de côté, j'ai traversé la scène du théâtre antique, il fallait encore grimper pour arriver à l'entrée du site. J'espérais que le gendarme avait mis la main sur le fuyard parce que je me sentais incapable de le poursuivre plus longtemps. J'ai parcouru les derniers mètres en marchant, mes mollets étaient tendus par les crampes, la sueur me piquait les yeux, j'avais un goût salé dans la bouche. Je suis arrivé à la barrière et n'ai trouvé personne. J'ai calmé ma respiration puis gueulé. Un gémissement m'a répondu.

Le gendarme était allongé à une dizaine de mètres de là.

– Qu'est-ce qui se passe ?

Le type s'est frotté le visage sans répondre.

– Qu'est-ce qui se passe ? Vous avez vu quelqu'un ?

– Oui, un homme, un des secouristes, je lui ai demandé de rester. Il m'a raconté qu'ils avaient un appel à la caserne, j'ai voulu demander une confirmation au commandant, mais le gars m'a frappé quand j'ai pris mon talkie.

Je lui ai décrit Berdin.

– Oui, c'est lui.

– Il est parti par où ?

– Il a repris sa voiture qui était garée là, une Renault blanche, un vieux modèle, et il a démarré en trombe ! Je ne peux pas vous dire s'il a pris ensuite à droite ou à gauche, il roulait tous feux éteints.

– Prévenez le commandant pour qu'il envoie des gens à la recherche de Berdin.

– Je ne sais pas ce qu'il a fait de mon talkie.

– Attendez ici… Le commandant vient d'envoyer

deux hommes. Ils sont derrière moi.

Je l'ai aidé à se relever.

– Ça va ?

– Je suis juste un peu sonné. Il m'a mis un sale coup. Je ne me suis pas méfié.

J'ai ouvert la barrière pour courir jusqu'à ma voiture. Le holster gênait le mouvement de mes bras, mais mes jambes volaient au-dessus de la route. Je me sentais plus rapide que Marie-Jo Perec, jusqu'à ce que je m'effondre, une gamelle inoubliable, mon visage a heurté la chaussée, pleine face. Putain de ligaments ! Marie-Jo patraque ! Je me suis relevé avec une douleur épouvantable dans le genou droit et plus aucune sensation sur la joue gauche qui semblait anesthésiée par le choc contre le bitume.

J'ai boité jusqu'à ma voiture. Je me suis installé au volant en grimaçant, ça a pris deux minutes. Je connaissais le coin après y avoir tourné une demi-heure à la recherche du site, ce n'était que des routes étroites et sinueuses, Berdin ne pouvait pas continuer de rouler sans lumières. J'ai surpris une lueur rouge sur ma gauche. Berdin retournait sur Château, je me suis engagé à sa poursuite, le regard fixé sur les points rouges de ses feux arrière. J'ai rapidement gagné du terrain, mon tacot aux pneus lisses tenait le coup. Ma jambe droite me faisait souffrir, mais je ne la retirais pas de la pédale d'accélération, je priais pour que la route reste dégagée, je n'aurais pu éviter l'accident si un animal ou un homme traversait la chaussée. J'avais les mains crispées sur le volant, les avant-bras tétanisés, ma joue insensible avait sûrement doublé de volume, j'ai passé le doigt sous mon nez, je saignais. Beau gadin ! Je pleurnicherai plus tard !

J'ai appuyé encore plus lourdement sur la pédale, je revenais à deux cents mètres de Berdin. Nous sommes arrivés à l'entrée de Château, une fourgonnette de gendarmerie avait bloqué l'accès au premier rond-point. Berdin a freiné brutalement, sa voiture a fait une embardée qui l'a conduit hors de la route, contre le mur d'une maison. Un crash violent dont le bruit a dû s'entendre jusqu'aux Bardiaux. La voiture a rebondi sur le mur puis a tourné sur elle-même. Berdin est sorti de son véhicule quelques secondes plus tard en se tenant la tête. Je suis descendu, il a réagi en me voyant venir vers lui, et s'est enfui dans le jardin d'une maison voisine après avoir escaladé la clôture. Sa course le conduisait à l'ouest, en direction de la masse sombre de la forêt en contrebas de Château, une zone traversée par les larges virages de la départementale qui rejoint Nevers. J'ai couru en boitillant vers les gendarmes, parmi eux se trouvait le jeune képi arrivé seul aux Bardiaux cet après-midi. Il m'a dit que le commandant les avait prévenus par radio.

Les routes vers Château et Arleuf étaient bloquées. Le képi est parti ensuite à la poursuite de Berdin, tandis que son collègue se mettait au volant de la fourgonnette afin de rejoindre la départementale. Je me suis réinstallé dans ma voiture avec l'idée de suivre la camionnette, mais j'ai été victime d'un coup de barre. J'étais incapable de faire un geste. Ma tension nerveuse avait volé en éclats après ce dernier rallye sur les petites routes sinueuses. Je ressentais toutes les douleurs de mon corps, et un épuisement complet. Des riverains sont sortis dans la rue, réveillés par le bruit de l'accident. D'autres ont observé la scène depuis leur fenêtre. Un homme a ouvert ma portière.

– Vous êtes blessé ?

– Non.

– Vous êtes sûr ?

Il fixait mon visage couvert de sang.

– Oui, ça va.

Ma jambe m'a fait souffrir quand j'ai plié le genou pour sortir de la voiture. Je m'en suis extirpé en grimaçant. Le type, vêtu d'un pantalon de pyjama et d'une doudoune, m'observait avec des yeux exorbités. Il se demandait s'il ne rêvait pas : un homme blessé sortait d'une voiture intacte alors il n'y avait personne dans le véhicule accidenté à quelques mètres de là. Mon holster garni et mon brassard « Police » lui ont fait ravaler ses questions. Il est parti rejoindre les riverains qui regardaient l'épave de la bagnole de Berdin. Je me suis rendu en claudiquant vers le jardin par lequel il avait fui. Je n'ai remarqué aucun mouvement. Je suis revenu sur la route. Deux fourgonnettes de gendarmerie sont arrivées à fond la caisse ! La première a *pilé* à ma hauteur. Elles faisaient partie de l'équipe installée aux Bardiaux. Le gyro bleu qui tournoyait sur leur toit m'a fait mal aux yeux. Le commandant Oudin était au volant du second fourgon. Il a baissé sa vitre.

– Nous avons mis la main sur Berdin ! Une équipe vient de m'appeler. Il a fallu le maîtriser…

Échanges de coups, ai-je supposé.

– Nous le prenons en charge. Passez à la gendarmerie demain matin pour déposer.

– J'y serai, commandant.

– Passez tôt, j'aimerais que vous me racontiez votre histoire encore une fois avant que nous interrogions Berdin. Pour l'instant, nous le retenons seulement pour les coups et son refus d'obtempérer. J'espère que vous ne vous êtes pas trompé.

Il m'a salué, main au képi, et il a donné un coup de klaxon. La première fourgonnette a redémarré, le commandant l'a suivie. Entre-temps, un gendarme était sorti pour s'occuper de la voiture de Berdin. Il a placé des triangles d'avertissement sur la chaussée. Je suis retourné à ma caisse. Philibert m'avait expliqué comment me rendre à son appartement dans un immeuble du centre-ville, face à un hôtel-restaurant *deux étoiles* bien connu dans le coin, l'*Hôtel du Morvan*. J'ai roulé paisiblement jusque-là. Il était deux heures du mat. J'ai supposé que Mathilde était arrivée. Je ne savais pas où les gendarmes avaient emporté le corps de Matthieu. Je me sentais incapable de croiser son regard. Je suis monté chez Philibert qui a eu un air effaré en me voyant.

– Qu'est-ce qui t'est arrivé ?

– Je me suis cassé la gueule… Putain de genou !

– Tu t'es toujours pas soigné ?

– Non.

– Et Berdin ?

– On l'a arrêté.

– C'est lui qui a renversé le gamin ?

– Va me chercher de la glace.

Il m'a donné une poche de glace que j'ai mise sur ma joue, et du coton pour nettoyer mon nez qui pissait encore un peu le sang. Il restait quelques glaçons dans son frigo, je les ai posés sur mon genou enflé après avoir quitté le jean emprunté à la piscine. J'ai raconté brièvement ce qui s'était passé.

– En fait, vous ne savez toujours pas qui a fait quoi, ni pourquoi ?

– Ils interrogeront Berdin cette nuit ou demain… mais sa fuite en dit long.

– T'en penses quoi ?

– Il nous tourne autour depuis que nous avons fait des recherches sur la route avec le Sanglier. Il est dans le coup, c'est évident. Je crois que son fils a percuté Mathieu et que Berdin est arrivé sur les lieux avant les secours. Ils ont décidé de cacher le corps, et peut-être qu'ils sont revenus le lendemain nettoyer toutes les traces de l'accident. Nous avons trouvé peu d'indices. Il est trop tôt pour savoir si Mathieu était en vie ou pas quand ils l'ont ramassé. Ça sera le nœud de l'enquête. J'espère que les gendarmes feront leur boulot sérieusement.

Philibert est parti à la cuisine pour me préparer des pâtes carbonara. La spécialité qu'il confectionne à la fin de chaque stage d'entraîneurs. J'avais faim. Il était trois heures du mat', si Cécile était inquiète pour moi, elle ne dormirait pas. Je pouvais l'appeler. J'ai téléphoné depuis la ligne fixe de Philibert pour être sûr d'obtenir une communication correcte, sans coupure. Elle a décroché après quatre sonneries.

– C'est moi… Je ne te réveille pas ?

– Si… Mais ce n'est pas grave… Qu'est-ce qui se passe ?

– On a retrouvé le gamin. Il est mort… Sûrement renversé par une voiture.

– C'est terrible…

– Oui…

Il y a eu un silence.

– Comment est-ce arrivé ?

Je lui ai décrit mon hypothèse sans donner de détails sur la découverte du corps. Elle est restée sans voix pendant une dizaine de secondes, puis m'a demandé si la mère de Mathieu était au courant ?

– Peut-être, je ne sais pas. Elle doit venir ici.

– Qu'est-ce que tu vas faire ?

– Je rentre à Paris

– Tu as une drôle de voix.

– Je suis fatigué.

– Repose-toi, Franck… Tu es en congé ?

– Je travaille lundi.

Nous sommes restés silencieux.

– Je vais te laisser te reposer, Franck. Il faut que tu dormes.

– Non, c'est bon, je suis trop énervé pour dormir.

– Comme tu veux, mais je ne peux pas rester longtemps, je me lève à cinq heures, j'ai un tournage demain matin.

– Un film ?

– Un court-métrage, j'ai le premier rôle, mais j'ai une scène trash à jouer demain, une scène d'amour, c'est la première fois que je serai nue… J'ai peur, j'ai l'impression que je dépasse les limites que je m'étais fixées.

Putain, une scène de cul avec un mec pour un vulgaire court-métrage ! J'avais mal au bide, c'était une nouvelle douleur.

– O.K., je vais te laisser dormir… Au fait, le type est passé pour les stores ?

– Oui, il est venu avec la propriétaire. Il a pris des mesures dans toutes les pièces. Je crois que la proprio peut obtenir une réduction d'impôts importante parce que ce sont des stores isolants…

– Ça m'étonne pas, c'est une championne de l'économie d'*énergie*, vu que ça fait 20 ans qu'elle ne bosse plus et se contente de toucher les loyers de ses apparts.

– Elle a toujours été correcte avec nous.

– Tu en penses quoi, des stores ?

– Je n'ai pas d'opinion. C'est toi qui vis là désormais. Pas moi.

– Il faudrait que l'on discute calmement de tout ça.

– Ce n'est pas le moment, Franck… Et puis, il y a peu de choses à dire.

– Si !

– Franck, on ne se sépare pas à cause d'un coup de colère ou d'une différence de caractère…

– Si tu ne me laisses pas t'en parler, je ne pourrais rien expliquer.

– Écoute, je n'ai jamais eu de respect pour le travail de gendarme de mon père, il rabâchait toujours des principes de morale, de vertu qui me saoulaient, mais certaines de ses idées étaient respectables… Il nous disait que dans l'armée, on ne pardonnait jamais à un traître, parce qu'une personne qui trahit une fois, recommencera…

Bordel, pendant des années, elle m'a fait le portait d'un père qui l'humiliait, qui la traitait comme l'imbécile de la famille, ne reconnaissant ni sa beauté, ni son intelligence, et aujourd'hui, elle s'appuie sur ses principes de facho pour m'enfoncer !

– Je suis fatigué, Cécile. On reparlera de ça plus tard.

– Comme tu veux… Bonne nuit.

Elle a coupé la communication. J'ai reposé le combiné sur l'appareil. Philibert était revenu dans le salon depuis un moment.

– C'était mon amie… Enfin, mon ex…

– Je vois, Francky… Ne te chagrine pas, tu n'étais pas tombé sur la bonne, c'est tout. T'en trouveras une autre.

– Facile à dire ! Comment tu veux que je me dégote une fille avec la gueule que j'ai maintenant ?

Il a levé les yeux vers ma joue gonflée et écorchée, mon nez pissant le sang et mes yeux rouges. J'ai essayé de sourire mais ça m'a fait atrocement souffrir. Philibert est retourné à la cuisine, je suis allé dans la salle de bains pour me regarder dans la glace. J'y ai vu un étranger. Ce n'était pas ma joue meurtrie et gonflée qui me donnait cette impression mais mon regard, il avait changé, ou durci, ou vieilli. Ce cadavre de trop que je redoutais, c'était le mien. Je ne voulais plus me revoir dans cet état.

18

J'ai dormi sur le divan. À sept heures, la lumière du jour qui entrait à pleine vitre dans l'appart m'a réveillé. Je me suis souvenu que le commandant m'attendait à la gendarmerie, j'ai essayé de me lever, ma carcasse froide était endolorie, dès que j'ai ouvert la bouche, ma joue m'a fait souffrir atrocement. Je me suis extirpé du divan en serrant les dents. Je n'avais pas fait attention à l'ameublement de la pièce la veille, j'ai regardé autour de moi, le salon possédait une télé grand écran, des étagères remplies de films, deux fauteuils dépareillés, j'ai reconnu aussi des agrandissements de photos de paysages du Morvan sur les murs.

J'ai préparé du café et fait quelques flexions pour échauffer mon genou, ça coinçait, ça craquait, mais après deux minutes d'exercices, j'ai pu marcher correctement. J'ai fouillé les placards à la recherche d'un bol ou d'une tasse et je me suis servi un café que j'ai bu en restant debout. J'avais forcé la dose, le café était costaud, mais ça m'a aidé à ouvrir les yeux. Je me suis demandé comment Berdin réagirait pendant l'interrogatoire. Je craignais que les képis du coin s'acoquinent avec lui et ne cherchent pas à démonter sa version et ses alibis. J'ai nettoyé le bol et éteint la cafetière puis je suis allé me passer un peu d'eau sur le visage.

J'ai chaussé mes baskets et j'ai quitté l'appartement sans faire de bruit pour ne pas réveiller Philibert. Je suis parti à pied à la gendarmerie. Il était huit heures du matin et il y avait déjà du monde dans les rues, des vieux avec casquettes et mégots, des Hollandais blonds comme des Suédois…

Les gendarmes m'ont accueilli avec le sourire. Berdin avait craché le morceau. Le commandant l'avait interrogé pendant la nuit et avait profité de la nervosité et de la fatigue du bonhomme pour le faire parler. Il était reparti à Dijon avec son équipe quelques heures plus tard. Le fils Berdin était interrogé en ce moment par une brigade d'Annecy. Un des gars m'a donné la version du père Berdin. Son fils a heurté un homme avec sa voiture, c'était inévitable, il faisait nuit noire et le gars – Mathieu – était sorti brusquement du fossé pour traverser la route. Berdin a laissé entendre que le gars était saoul. Le fils avait prévenu les pompiers puis téléphoné à son père qui était arrivé rapidement sur les lieux. En constatant la mort de l'homme, ils avaient paniqué et décidé de dissimuler l'accident. Le fils possédait un casier avec du sursis, sa responsabilité dans un accident de la route mortel, même avec circonstances atténuantes, l'aurait fait plonger.

Suivaient les détails : le transport du corps aux Bardiaux, l'élimination des fringues, des traces de l'accident sur la route le lendemain à l'aube, la dissimulation de la voiture accidentée… Ça ne m'intéressait plus. Le médecin légiste et les techniciens livreraient les secrets de cette histoire, et définiraient la qualification du crime au procès. À quelle vitesse roulait le véhicule ? Mathieu avait-il absorbé des drogues ou de l'alcool ? Avait-il été tué sur le coup ?

Les gars ont pris mes nom, prénom, numéro de téléphone et adresse ; ils me contacteraient si l'enquête l'exigeait. Pour l'instant, les aveux de Berdin suffisaient à boucler l'affaire. Ils m'ont appris que Mathilde Lechartier était venue identifier le corps, et qu'elle avait passé la nuit ici. Ils lui avaient trouvé une chambre à l'*Hôtel du Morvan*. Elle était seule, semblait-il. J'ai salué les képis et regretté que le commandant Oudin soit absent, j'aurais aimé lui serrer la main et le remercier. J'ai rejoint l'appartement de Philibert ; en chemin, je me suis arrêté devant la façade de l'*Hôtel du Morvan*. J'ai cherché le visage de Mathilde derrière la fenêtre d'une des chambres. Je n'ai vu personne.

J'ai réveillé Phil qui roupillait dans sa chambre. Je partais, il fallait qu'il m'explique où résidait l'homme qui soignait mon chien.

– Attends-moi, je vais t'accompagner.

– Reste au lit, je te remercie, tu m'as déjà beaucoup aidé, je vais trouver tout seul. Il faut que je rentre rapidement à Paris.

Il m'a indiqué son adresse et nous nous sommes dit au revoir.

– À bientôt. Peut-être sur un terrain de foot !

– Promis, Phil. Et encore une fois, merci pour tout ce que tu as fait.

J'ai pris ma caisse, il y avait des taches de sang sur le siège. Et sur la banquette arrière, où

Philibert avait déposé le chien. Lc véto habitait une petite maison à la sortie de la ville. J'ai sonné. Le mec est venu ouvrir en tenue de jogging, débardeur, petit short satiné de tapette, bandeau éponge autour du front… Il a eu un moment de surprise en voyant mon visage blessé, puis il s'est excusé pour sa tenue.

– J'allais sortir faire mon footing.

– Je suis le propriétaire du chien que Philibert vous a apporté hier.

– Ah ! d'accord… Drôles de blessures…

– Il va mieux ?

– Oui… Vous avez vu ce qui s'est passé ?

– Non, le chien était à une centaine de mètres de moi.

– Vous avez entendu des aboiements, des grognements ?

– Rien… Seulement ceux de mon chien.

– Il s'est fait surprendre par un gros chat sauvage, je suppose.

Il m'a expliqué les blessures et la manière dont il les avait rafistolées. J'ai ignoré son récit, j'en avais marre. Il ne voulait pas que je reparte avec le chien, c'était dangereux pour ses blessures.

– Allez le chercher, je le ramène.

– Comme vous voulez.

Il a ramené Oppi. Bordel, j'étais content. La bestiole était couverte de bandages, on ne voyait pas une touffe de poils. Je l'ai posé sur la banquette, il dormait à moitié.

– Combien je vous dois ?

– C'est bon… C'est arrangé avec Philibert, il me rendra quelques services en mécanique.

J'ai décollé en prenant garde de rouler lentement dans les virages de Château, puis j'ai avancé pied au plancher afin de mettre cette histoire derrière moi. Mon portable a bippé plusieurs fois pour me signaler des messages sur mon répondeur, sûrement des appels qui ne m'étaient pas parvenus la veille, à cause du mauvais réseau sur le Morvan. Je les écouterais plus tard.

Je me suis débrouillé pour obtenir le numéro de l'hôpital de Nevers. J'ai demandé des nouvelles sur l'état de santé d'Anaïs. Elle était tirée d'affaire. La fille de l'accueil qui a répondu m'a donné le numéro de téléphone de sa chambre. J'ai appelé la gamine pour lui souhaiter bon courage et lui ai promis de passer bientôt la voir à Nevers. Sa voix était faiblarde mais elle m'a semblé heureuse de me parler. Au moment de nous quitter, je l'ai entendu crier après quelqu'un. Elle avait retrouvé du tonus en une seconde.

– Fous la paix aux infirmières, lui ai-je conseillé.

– J'étais en train de parler à ma mère, Franck… Tu passes quand ?

– Je ne sais pas. Quand j'aurai des vacances. Je dois retourner bosser à Paris maintenant.

– D'accord… Mais tu reviendras à Nevers ?

– Oui, promis.

– Tu sais, je vais peut-être m'inscrire à une école de comédie à Paris. On pourra se voir.

– Préviens-moi dès que tu montes à Paris.

J'ai raccroché rapidement, avant qu'elle ne me demande des nouvelles de Mathieu. Je me suis dirigé vers l'autoroute que j'ai rejointe une heure plus tard. Le tableau de bord m'a indiqué que le réservoir était à sec. Je me suis arrêté dans une station-service pour faire le plein. C'était le moment du remplissage des cuves, j'ai dû patienter. J'ai profité de cette pause pour envoyer un texto à Agnès : « AKroche toi, fliKette tel moi si ta besoin de parler », puis j'ai composé le numéro de Mathilde, mais j'ai interrompu mon geste avant de lancer l'appel.

Elle ne serait pas en état de parler.

Le corps de Mathieu lui serait enlevé aujourd'hui afin que le légiste pratique une autopsie. Je lui écrirai un mail demain pour expliquer tout ce qui s'était passé.

Ensuite, j'ai écouté mes messages. Le chef avait essayé de me joindre plusieurs fois. Son ton m'a laissé deviner qu'il était à cran. Le dossier Laura B. lui restait en travers de la gorge… à moins qu'il ne se soit remis en ménage avec son ex-femme. J'ai réécouté attentivement ce qu'il avait raconté sur mon répondeur. Ils avaient relâché le suspect, le petit ami de Laura. Il fallait quelqu'un de motivé pour reprendre l'enquête à zéro. Ça voulait dire nouvelles prises d'info sur la scène de crime, une enquête de voisinage minutieuse. J'ai repensé au mégot oublié sous un fauteuil…

Il me restait deux heures de route avant de me décider. J'avais le choix : reprendre le boulot et passer l'après-midi chez Laura B, dans un lieu figé et mort, ou retrouver mon appartement de célibataire qui sonnait le creux comme une coquille vide… *Homme sweet homme*.

Le gérant de la station-service a remis les pompes en route. J'ai fait le plein. J'ai repris la route.

REMERCIEMENTS

Je remercie toutes les personnes qui ont participé à cet ouvrage, particulièrement Sophie et Francis, Annie Segonds et Marie-France Verdier dont les lectures et les corrections donnent un sens à mon travail depuis de nombreuses années. Je remercie le lieutenant de police Lucie Davenas, le capitaine de police Alain Morillo et l'agent de police technique et scientifique Bruno Saget. Je remercie également mon éditrice, Anne Martinetti, très investie dans le travail de ses auteurs, Yves Nivot et Paul Naget.

Éditions
Sirius

Paris

Région parisienne, 2012. Ils sont quatre. Hier criminels défiant l'ordre, aujourd'hui équipe de l'ombre pour le compte de la justice. Christian Sainclair et Valérie, « Attila » et Maria-Carmen avaient tout pour mal finir, mais grâce au commissaire Lambrosi, ils se sont racheté une conduite.

Difficile à tenir, lorsque l'on traque les truands sans carte de police, mais c'est le prix de leur liberté… Aussi, lorsque Lambrosi leur demande de retrouver une mallette volée à un maître-chanteur notoire, l'affaire leur semble d'abord simple.

Oui, mais la mallette est en titane. Oui, mais elle traîne trois cadavres dans son sillage. Oui, mais sa disparition semble inquiéter en très haut lieu.

Alors, pour le « gang Sainclair », commence une enquête qui les mènera aux quatre coins de l'Île de France, sur les traces d'un secret dont pourrait dépendre jusqu'à l'avenir de la République…

Pascal Candia lit San-Antonio, Voltaire et le Dobermann. Il dévore les films de David Lynch sans pour autant renier Stallone et il écoute du Gainsbourg en fumant des menthol. C'est en prêtant sa plume à la presse ciné qu'il a sauté dans le grand bain de l'écriture.

Côté polars, il a créé le gang Sainclair et leurs aventures aux frontières de la loi. Un écrivain très efficace, héritier de Simenon et du roman noir américain.

Prix France TTC 8,00 €

Éditions
Sirius

Paris

Calais, 2012. Patrice Orca est un flic, ni résigné ni défaitiste. Adepte des solutions radicales lorsqu'il s'agit de stopper des criminels. On le surnomme même Dirty Orca… et sa hiérarchie le colle au placard pour avoir sorti son arme une fois de trop.
Mais un jour de permanence, il est confronté à un infanticide sanglant : une jeune Afghane en situation irrégulière a massacré, près du port de voyageurs de Calais, l'enfant qu'elle vient de mettre au monde.
Cette affaire, encore un drame de la vie clandestine, tout le monde la considère sans importance. Mais pour Orca, il en va autrement : l'enfer des jungles, les zones de non-droit, il va y mettre son nez, ses compétences, sa colère. Et y découvrir des prédateurs prêts à tout pour s'enrichir au détriment de ceux qui rêvent d'un ailleurs…

Michel Vigneron aime Clint Eastwood, John Steinbeck, cite *Des souris et des hommes*, a fait sienne la devise de Gladiator et ne déteste pas Dexter ! Auteur de polars « régionaux » aux Editions Ravet-Anceau, il exerce, dans la vraie vie, le métier de lieutenant de police en Guyane, mais c'est à ses romans qu'il réserve sa part d'ombre, celle de l'écrivain.

Prix France TTC 7,50 €

Éditions

Sirius

Paris

Abbaye de Hautecombe, au bord du lac du Bourget. Une foule élégante se presse pour assister au concert du jeune pianiste Bertrand Lestrade, dans le cadre du célèbre festival des *Nuits Romantiques*. Mais à la dernière minute, il est remplacé par un autre virtuose. Un malaise, à ce qu'on dit…

Mais, très vite, la nouvelle éclate au grand jour : loin d'avoir été l'objet d'une indisposition passagère, Bertrand Lestrade a été empoisonné à l'arsenic lors d'un dîner.

Une affaire délicate pour le commissaire Féra : pris entre les officiels, qu'il doit ménager, et une hiérarchie qui attend des résultats, le voilà contraint à un jeu de piste singulièrement précis. Car le coupable était l'un des convives…

Les nuits du festival ne sont décidément pas très romantiques. Mais, grâce à la perspicacité de Philibert Féra, le coupable d'un crime odieux finira, sûrement, par être démasqué.

Roger Moiroud est un être hybride, difficile à cerner. On l'a connu prof de philo mais on le retrouve Directeur de la Qualité dans une compagnie d'assurance. On le sait Savoyard d'origine, mais il dit avoir vécu plus de trente ans à Paris. Amateur de rugby, qu'il aurait pratiqué à Mont-de-Marsan, il aime aussi le golf, qui ne le lui rend guère. Seules certitudes, il vit aujourd'hui en Savoie et a créé le personnage de Philibert Féra, un commissaire aux allures de Maigret qui aime les bons petits plats.

Prix France TTC 7,50 €

Éditions
Sirius

Paris

Dunkerque, deux heures du matin. Un bébé meurt étouffé par sa mère imbibée d'alcool : la Sûreté urbaine enregistre un de ces drames du quotidien qui désespèrent les flics.
Dans la litanie des affaires brûlantes, la découverte d'un cadavre sans tête dans une écluse occupe rapidement les journées des lieutenants Calvez, Bathany et Marquet... Un cadavre au tatouage très identifiable, celui d'un homme que Stéphane Marquet a croisé dans un passé qu'il préfère oublier, et qu'il est déterminé à cacher à sa hiérarchie.
Mais selon l'usage, les vieux démons finissent toujours par se réveiller. Il s'agit alors de décider si l'on veut continuer à défendre l'ordre et la loi, ou franchir la frontière du bien et du mal.
Pour Stéphane Marquet, l'heure du choix est venue.

En parfait schizophrène, **Maxime Gillio** passe en permanence d'une écriture sombre et désespérée à la gaudriole burlesque. De la même façon, il hésite toujours entre le costard cravate et le sweat à capuche pour écrire, le silence monacal ou du rock à fond les manettes pour la concentration, et roma ou volluto pour l'inspiration. Une seule certitude, il ne sera jamais le Joe Lansdale français, ce qui le déprime au plus haut point..

Prix France TTC 7,50 €

Éditions
Sirius

Paris

Impression réalisée par

BRODARD & TAUPIN

à La Flèche (Sarthe), le 20-04-2012

ÉDITION SIRIUS – 14, rue Léonce Reynaud - 75116 Paris
Tél : 01-40-70-95-57

– N° d'imp. : 68635 –
Dépôt légal : avril 2012
Imprimé en France